ILDIKÓ VON KÜRTHY

MONDSCHEINTARIF

ROMAN

Mit Fotos von Jens Boldt

ROWOHLT TASCHENBUCH VERLAG

Neuausgabe
Veröffentlicht im Rowohlt Taschenbuch Verlag,
Hamburg, Januar 2024

Covergestaltung büro u-53
Coverabbildung Peter Pichler
Satz aus der Alegreya bei Dörlemann Satz, Lemförde
Druck und Bindung CPI books GmbH, Leck
ISBN 978-3-499-01285-3

Liebe Leserin, liebe Freundin!

Wer warst Du, wer bist Du, und wer willst Du werden? Bist Du zufrieden mit dem, was Du aus Dir gemacht hast? Hast Du Dich entfaltet, und bist Du verantwortungsvoll umgegangen mit Deinem Leben, Deiner Zukunft, Deinem Körper, Deinen Träumen und Talenten?

Diese Fragen stelle ich mir, wenn ich mein Gesicht auf dem Foto anschaue. Das ist mein Ich vor fünfundzwanzig Jahren. Damals bekam ich einen Anruf, der mein Leben veränderte, von einer Frau, der ich immer dankbar und tief verbunden sein werde. Die Lektorin Britta Hansen hat mich ermutigt, meinen ersten Roman zu schreiben. Mondscheintarif.

Ich sehe eine junge Frau, frisch verliebt in den Mann, der auf der letzten Seite dieses Buches den Telefonhörer hält. Ich liebe ihn bis heute. Ich sehe eine junge Frau, die sich Kinder wünscht und einen kleinen Garten, die sich zu dick findet und Angst vor Dunkelheit, Verantwortung und Einsamkeit hat. Ihre Eltern sind schon seit einigen Jahren tot. Sie hat noch keine Ahnung, wie sehr dieser frühe Verlust sie prägen und peinigen wird. Die Trauer ist bereits da, der Schmerz wird viel später kommen.

Ich sehe so viele Träume und Hoffnungen in den Augen meines früheren Ichs. Irgendwann werde ich lernen, dass es eine große und vornehme Kunst ist, Hoffnungen zur rechten Zeit aufzugeben und aus Träumen früh genug zu erwachen. Ich werde lernen, stolz zu scheitern, statt mich meiner Fehler und meiner Schwächen zu schämen.

Mondscheintarif. Heute frage ich mich: Und dann? Wie ist es weitergegangen nach dem letzten Satz? Ich bin längst in dem Alter, in dem es mich mehr als alles andere interessiert, was nach dem Happy End geschieht. Ist das nicht das eigentliche Abenteuer? Die Bewältigung des Alltags und die stete Verteidigung der Liebe und des Lebens gegen die Routine? Der heldenhafte Versuch, das Ungewöhnliche im Gewöhnlichen zu erkennen? Das sind die Tapferen, die sich Tag für Tag der Gewohnheit stellen, um sie durch Aufmerksamkeit und Nachsicht dem Stillstand zu entwinden.

Mondscheintarif. Ich wollte wissen, was nach dem glücklichen Ende passiert ist, und habe ein Vierteljahrhundert später einen Roman geschrieben, der die Geschichte weitererzählt: Eine halbe Ewigkeit. Der Titel sagt aus, was ich heute bin und empfinde: Ich stehe in der Mitte meines Lebens. Grau werdend und vielfarbig verblühend, gezeichnet, mehrmals gefaltet, lebenserfahren und meist ein wenig müde. Mit Schlupflidern und Zahnkronen, Besenreisern und Hängehintern, voller Narben und voller Demut. Mit vielen Antworten und noch mehr Fragen. So viel Schicksal, Glück und Unglück. Lebenswege und Lebensumwege. Ich stehe an Gräbern und vor neuen Wegen. Vielleicht bin ich zu alt für Träume. Vielleicht bin ich alt genug, um meine Träume durch Ziele zu ersetzen. Dafür ist jetzt die richtige Zeit. Endlich alt genug.

Mein Leben ist gut. Nicht weil es schön ist. Sondern weil es bunt, dunkel und hell, reich und erbärmlich, beängstigend, befremdlich, einzigartig, gewöhnlich und großartig ist. Ich sehe in den Spiegel, ich erkenne mich und denke: «Die Alte da, die gefällt mir.»

Ich wünsche Dir eine schöne Zeit mit meinem Mondscheintarif, den ich immer noch so sehr liebe. Vielleicht ermuntert er Dich, Deinem jüngeren Ich freundlich zuzulächeln und Dich zu fragen: Wer warst Du, wer bist Du, und wer willst Du werden?

Sehr herzlich!

Deine
Ildikó

Happy Birthday,
Tante Hilde!

17:12

Der Fuß ist eine weitgehend unerschlossene weibliche Problemzone. Ein Satz, wie in Stein gemeißelt.

Der Fuß ist eine weitgehend unerschlossene weibliche Problemzone.

So könnte ein Artikel in einer Frauenzeitschrift anfangen. Oder in ‹Psychologie Heute›. Oder so.

Ich heiße Cora Hübsch, ich bin dreißigdreiviertel Jahre alt und gehöre zu der Mehrheit von Frauen, die auch in fortschreitendem Alter noch kein freundschaftliches Verhältnis zu ihren Füßen aufgebaut hat. Meine Zehen sind krumm wie die Zähne im Mund eines Schuljungen, der sich beharrlich weigert, eine Zahnspange zu tragen. In meiner Bauch-Beine-Po-Gruppe ist eine, deren Zehen sind so kurz, als seien sie ihr in jungen Jahren von einer scharfkantigen Glasplatte guillotiniert worden. Und meine Freundin Johanna hat Füße wie andere Leute Oberschenkel. In ihren Pumps hätten sich noch einige Zweite-Klasse-Passagiere von der Titanic retten können.

Ich versuche, mich abzulenken. Betrachte angestrengt den Haufen Zehen an meinem Körperende, um nicht über Schlimmeres nachdenken zu müssen.

Darüber zum Beispiel, dass heute Samstag ist. Schlimmer noch, es ist schon fast Samstagabend. Wann beginnt eigentlich der Abend? Gesetzt den Fall, jemand sagt: «Ich rufe dich Samstagabend an.» Was genau meint er dann damit? Heißt das: «Ich rufe dich um 18 Uhr an, um dich zu fragen, ob ich dich um 20 Uhr 30 abholen und zum teuersten Italiener der Stadt ausführen darf»?

Oder heißt das: «Ich klingle gegen 23 Uhr mal durch, um anzutesten, ob du eine vereinsamte Mittdreißigerin bist, die am Samstagabend nichts Besseres vorhat, als auf den Anruf eines smarten Typen, wie ich es bin, zu warten, der sich einmal aus Langeweile dazu hat hinreißen lassen, mit dir ins Bett zu gehen»?

Der Fuß ist eine weitgehend unerschlossene weibliche Problemzone.

Nein, es hilft nichts. Die krummen Gesellen da unten können nicht länger für meine Minderwertigkeitskomplexe geradestehen. Ich heiße Cora Hübsch, bin dreißigdreiviertel und gehöre zu der Mehrheit von Frauen, die sich auch in fortschreitendem Alter hauptsächlich mit einer Problemzone rumschlägt.

Freundinnen, lasst es uns so sagen, wie es ist: Die aller-aller-allerschlimmste weibliche Problemzone heißt: Mann.

17:17

Ist es jetzt wirklich schon bald halb sechs? Gute Güte! Warum ruft der denn nicht an? Warum gibt es Dinge im Leben einer Frau, die sich niemals ändern? Die Frage, ob man nach einmal Sex bereits Anspruch auf eine Samstagabendverabredung hat, wurde bisher nicht hinreichend geklärt.

Jemand müsste sich mal die Mühe machen, herauszufinden, wie viele Jahre ihres Lebens eine Frau damit verbringt, auf Anrufe von Männern zu warten. Bestimmt fünf. Oder zehn. Und dabei wird sie immer älter. Sie runzelt die Stirn, und das hinterlässt eine hässliche Falte über der Nasenwurzel. Sie isst mehrere Tonnen weiße Schokolade mit Crisp, Erdnussflips und Toastbrot mit Nutella. Sie ruiniert ihre Figur und ihre Zähne und damit jede reelle Chance auf einen Anruf am Samstagabend.

Muss aufhören, mein Selbstbewusstsein mit negativen Gedanken zu unterminieren.

«Ich bin attraktiv. Ich bin eine begehrenswerte Frau. Ich bin schön. Ich bin eine begehrenswerte Frau. Ich bin ...»

Telefon!

Na bitte, es klappt doch.

17:22

Das war Johanna, die wissen wollte, ob er schon angerufen hat. Johanna sagt, dass der grundlegende Unterschied zwischen Männern und Frauen nicht, wie gemeinhin angenommen, darin besteht, dass Männer den Innenraum ihrer Autos sauber und sämtliche ‹Stirb langsam›-Filme für kulturell wertvoll halten.

Der wichtigste Unterschied zwischen Männern und Frauen ist, sagt Jo, dass Männer nicht auf die Anrufe von Frauen warten. Statt zu warten, tun Männer was anderes. Schauen ‹ran›, entwickeln ein Mittel gegen Aids, verabreden sich mit einer Blondine, lesen die Aktienkurse in der ‹FAZ›, machen Muskelaufbautraining. Oder so ’n Zeug. Und das Wichtigste daran ist: Sie tun es nicht, um sich vom Warten abzulenken. Sondern sie tun es, weil sie es tun wollen. Sie vergessen dabei, dass sie eigentlich warten. Deswegen sind Männer nie beim ersten Klingeln am Telefon und klingen immer so, als hätte man sie bei etwas gestört.

Ich musste kurz nachdenken, um zu begreifen, was das bedeutete.

«Das heißt ja», sagte ich schließlich, und es war, als hätte mir jemand nach jahrzehntelanger Blindheit die Augen geöffnet, «das heißt ja, dass all die Stunden, die wir damit verbracht haben, Männer nicht zurückzurufen, umsonst waren. Die Tage, an denen wir uns nur durch übermäßigen Konsum von Choco-Crossies und Meg-Ryan-Videos davon abhalten konnten, ihn gleich am nächsten Tag wiederzusehen. Für die Katz! Was haben wir gelitten, um sie leiden zu lassen. Wir dachten, sie würden warten – und in Wahrheit waren sie vielleicht nicht einmal zu Hause, um zu bemerken, dass wir nicht anrufen!?»

«Du hast es erfasst, Cora. Du kannst einen Mann nicht warten lassen. Und wenn du mich fragst, es ist höchste Zeit, dass du deine Zeit mit etwas Sinnvollerem verbringst, als zu hoffen, dass Herr Hofmann sich bequemt, deine Nummer zu wählen.»

Sie hat ja so recht. Werde jetzt sofort aufhören zu warten und stattdessen etwas Sinnvolles tun.

Ich könnte

a) meine Steuererklärung machen,

b) meine Steuererklärung vom vorletzten Jahr machen,

c) den herrlichen Sommerabend nutzen, um den Weihnachtsbaum vom Balkon zu holen und im nahe gelegenen Park zu entsorgen.

Ich werde bei einem Glas Weißwein in Ruhe darüber nachdenken.

Ich traf Dr. med. Daniel Hofmann unter erniedrigenden Umständen vor drei Wochen und drei Tagen vor der Schwingtür einer Damentoilette.

Ich war mit Johanna auf einem dieser Feste, von denen am nächsten Nachmittag in sämtlichen Klatschsendungen bei sämtlichen Privatsendern berichtet wird. Jo ist mittlerweile bedeutend genug, um zu so was eingeladen zu werden und sogar noch jemanden mitbringen zu dürfen.

«Frau Johanna Dagelsi mit Begl.» steht dann auf den Listen, die am Eingang von schmalen Mädchen in dunkelblauen Kostümen abgehakt werden.

«Begl.» bin ich. Einmal hat Johanna mich sogar jemandem vorgestellt als «Das ist Frau Cora Begl.». Sie fand das lustig, brach den ganzen Abend lang immer wieder in hysterisches Gekicher aus. Na ja. Und der Jemand war, wie ich am nächsten Tag in ‹Exclusiv – das Starmagazin› erfahren habe, der Gastgeber.

Da steh ich drüber. Ich halte nichts von Leuten, die ihre Person mit ihrer Funktion gleichsetzen. Ich gehöre nicht zu denen, die ihr Selbstbewusstsein an ihrem Posten festmachen. Das mag unter anderem allerdings daran liegen, dass ich nicht gerade einen bedeutenden Posten bekleide. Ich meine, ich rede hier wie eine, die heroisch behauptet, sie halte Diät – ohne hinzuzufügen, dass im Kühlschrank sowieso nichts Essbares ist.

Wenn ich gefragt werde, sage ich immer, ich sei Fotografin. Das stimmt ja auch. Ich bin sogar fest angestellt – und das sind nun wirklich die wenigsten Fotografen. Leider kann ich bei meinem derzeitigen Arbeitgeber mein kreatives Talent nicht völlig ausleben. Ich fotografiere Schrankwände und Couchgarnituren für die Kataloge eines führenden, überregional tätigen Möbelhauses dieses Landes. Was soll's, einer muss es ja machen. Aber warum gerade ich? Egal, ich muss nicht Heidi Klum vor der Linse haben, um mich für daseinsberechtigt zu halten. Bei mir reicht ein TV/Video-Möbel mit integrierter Minibar.

Jedenfalls hatten Jo und ich uns mächtig in Schale geworfen. Den ganzen Nachmittag hatten wir damit zugebracht, teure Fummel aus Jos Schrank zu zerren und darin durch ihren kilometerlangen Flur wie über einen Laufsteg zu stolzieren. Dabei vernichteten wir eine Flasche Sekt und hörten Donna Summer auf Endloswiederholung.

«I'm looking for some hot stuff, Baby, this ev'ning, I need some hot stuff, Baby, tonight.»

Das Schönste am Ausgehen ist die Vorbereitung. Es ist diese teeniehafte, alberne Vorfreude.

Ohrringe ausprobieren.

Lidschatten, der wie Pailletten über den Augen funkelt.

Einmal dunkelroten Lippenstift auftragen.

Sich in Röcke zwängen, die so kurz sind, dass jeder Mann glaubt, er müsse für eine Nacht mit mir bezahlen.

Zigaretten beim Auftragen des Make-ups im Waschbecken ausdrücken.

Herrlich!

Ich will, dass das immer so bleibt. Auch wenn es in zwanzig Jahren dann nicht mehr ‹Rouge pour les lèvres›, sondern ‹Abdeckstift für die faltige alte Lippe› heißt und wir statt einem Hauch von Seide dann blickdichte Stützstrümpfe tragen werden. Egal. Es macht Spaß.

Als Jo und ich um kurz vor acht ins Taxi stiegen, fühlten wir uns wie vierzehn – und benahmen uns auch so. Jo erzählte dem Fahrer schmutzige Witze, während ich auf der Rückbank eine Kerbe in meinem meterhohen Absatz mit schwarzem Edding übermalte. Ich fand, dass ich einfach umwerfend aussah. Jo hatte mir ihr nachtblaues Etui-Kleid geliehen, das auf geniale Weise meine Problemzonen kaschierte und meine Stärken zur Geltung brachte.

Es ist nämlich leider so, dass ich von vorne fast genauso aussehe wie von hinten. Das heißt, ich habe einen recht knackigen, runden Po – und einen weniger knackigen, aber ebenso runden Bauch. Meine Brüste sind nicht der Rede wert und liegen weit auseinander. Schaue ich die eine an, habe ich die andere schon aus den Augen verloren. Aber – Wonderbra sei Dank! – als ich an diesem Abend in mein Dekolleté hinunterschaute, blickte ich in eine tiefe, verheißungsvolle Spalte. Ach, ich war gut gelaunt und lüstern.

«I need some hot stuff, Baby, tonight!»

Als Jo und ich über den roten Teppich zum Eingang schwebten, spürte ich die anerkennenden Blicke sämtlicher Männer im näheren Umfeld auf mir. Ich lächelte milde, aber unnahbar.

Ich lächelte nicht mehr, als ich bemerkte, dass hinter mir Veronica Ferres ging. Habe nie verstanden, was die Männer an der finden. Sieht aus wie ein deprimierter Pfannkuchen und wird, was ihre schauspielerischen Fähigkeiten angeht, weit überschätzt. Jo befahl mir, mir nicht die Laune verderben zu lassen. Und ich gehorchte.

Es war ein herrliches Fest – abgesehen von der gähnend langweiligen dreistündigen Filmpreisverleihung zu Anfang. Erst war ich noch aufgeregt, fieberte bei jeder Siegerverkündung mit und schluckte schwer an Tränen bei den Dankesworten. Das ließ dann nach. Und irgendwann konnte ich den Scheiß nicht mehr hören.

«Wenn das im Fernsehen übertragen wird, dann kürzen

die das Ganze auf 'ne Dreiviertelstunde», flüsterte Jo mir zu, während sich ein Dokumentarfilmer aus Halle bei seinem Team, ‹ohne das diese wunderbare Arbeit gar nicht zustande gekommen blablabla, deshalb gebührt der Preis eigentlich nicht nur mir blablabla›, bedankte.

«Dann schauen wir uns den Mist beim nächsten Mal eben im Fernsehen an», flüsterte ich zurück. Das war undankbar, ich weiß, denn schließlich war ich nur die «Begl.» – aber ich hatte Hunger und musste von dem vielen Sekt auf leeren Magen sauer aufstoßen.

«Darf ich mal auf die Toilette gehen, oder komm ich dann ins Fernsehen?», fragte ich Jo.

«Geh nur. Ist eh gleich vorbei.»

Ich stöckelte durch den schmalen Gang in Richtung Ausgang, nicht ohne die strafenden Blicke von Til Schweiger, Senta Berger und Mario Adorf auf mich zu ziehen. Wobei mich Letzterer, wie ich fand, eher wehmütig ansah. Vielleicht wollte der arme Mann auch aufs Klo, musste sich aber vorher noch einen Preis abholen. Draußen in der prächtig dekorierten Vorhalle (Lichterketten! Ich liebe Lichterketten!) hellte sich meine Stimmung schlagartig auf.

Hier waren ungefähr dreiundzwanzigtausend Kellner damit beschäftigt, das Büfett aufzubauen. Und was für ein Büfett! Hummer! Langusten! Lachs-Carpaccio! Vitello tonnato! Rinderbraten so groß wie mein Oberschenkel! Obstsalate! Mousse au Chocolat!

Mir lief das Wasser im Mund zusammen, während ich mich an der überladenen Tafel vorbei in Richtung Damenklo vorarbeitete. Ich stieß die Schwingtür auf und fand mich in einem unglaublichen Pinkel-Palast wieder. Überall Spiegel, überall Marmor. Neben den Porzellanwaschbecken hing nicht etwa so ein gefährlicher Heißluftgebläseautomat, unter dem man sich die Haut verbrennt, trotzdem nicht trocknet, und der Nächste, dem man die Hand schüttelt, denkt, man hätte ihn mit Exkrementen besudelt. Hier lagen, ordentlich gestapelt, frische, kleine, weiße Frottee-Handtücher bereit.

Und neben den weißen Handtuchstapeln saß eine hutzelige Klofrau auf einem Höckerchen und schaute mich erwartungsvoll an.

So was hab ich ja nicht gerne. Ich kriege Probleme beim Wasserlassen, wenn ich den Eindruck habe, dass mir dabei jemand zuhört. Es wird mir ewig ein Rätsel bleiben, wie Männer es schaffen, nebeneinanderzustehen und zu pinkeln. Wie tun sie das? Reden sie dabei? Worüber? Was ist, wenn sich der Chef neben einem erleichtert? Urinstau? Gehaltsverhandlungen?

Ich bin einmal meinem Chef-Graphiker in der Sauna begegnet. War das peinlich! Er saß auch noch neben mir. Roch streng.

«Ich finde, Menschen, die eine gewisse Position bekleiden, sollten nicht in öffentliche Saunabäder gehen», hab ich gesagt. Das war unklug, ich weiß. Aber die Wahrheit ist halt das Erste, was einem einfällt, wenn man nichts zu sagen weiß.

Jedenfalls schaute mich das kleine Klofräuchen freundlich an, und mir streikte schlagartig die Blase. Also tat ich so, als wolle ich mir nur die Hände waschen.

«Ich wollte mir nur mal eben die Hände waschen», sagte ich fröhlich. «Ist ja so heiß dadrin.»

Das Fräuchen nickte wohlwollend. Und da ich heilfroh

war, in diesem Promi-Irrenhaus einem normalen Menschen zu begegnen, und ich sowieso einen ausgeprägten Hang zur Arbeiterklasse habe (ich habe mal mit einem Elektriker geschlafen), plauderten wir noch eine Weile.

Ich erfuhr Wissenswertes über die Toilettengewohnheiten von Männern und Frauen. Die Damen sind, erstaunlicherweise, weniger reinlich, dafür aber kleinlicher als Männer. Und wenn sie sich erbrechen, scheinen sie die Klofrau persönlich dafür verantwortlich zu machen und behandeln sie anschließend entsprechend schlecht. Für Männer ist das Herrenklo eher ein Ort der Entspannung. Hier können sie ganz sie selbst sein. Sie geben reichlich Trinkgeld und setzen erst kurz vor der Schwingtür wieder ihr Ich-bin-wichtig-Gesicht auf.

Dabei fiel mir siedend heiß ein, ich hatte meine Handtasche am Tisch liegenlassen und folglich auch kein Kleingeld dabei. Auweia. Wie sollte ich jetzt hier rauskommen? Sie musste ja Schlimmes von mir denken. «Erst macht sie einen auf vertraulich – dann verpisst sie sich.»

In meiner Verzweiflung plauderte ich weiter.

«Haben Sie denn schon von dem köstlichen Büfett da draußen probiert?», fragte ich. «Ich nehme an, die Angestellten des Hauses essen während der Preisverleihung?»

«Ach nein», sagte sie. «Ich habe mir ein paar Stullen mitgebracht. An das Büfett dürfen wir nicht dran.»

Was? Wie? Wieso? Da saß dieses Mütterchen auf ihrem Höckerchen in ihrem Marmor-Pissoir, wischte den Prominenten hinterher und bekam dafür nicht mal eine armselige Hummerschere?

Mein soziales Bewusstsein rebellierte. Was hätte Marx

dazu gesagt? Keine Ahnung, habe nie Marx gelesen, aber genug gehört, um zu wissen, dass er sich jedes seiner grauen Barthaare einzeln ausgerupft hätte.

«Wissen Sie was!», rief ich kämpferisch. «Ich hole Ihnen jetzt von da draußen was zu essen. Was wollen Sie? Hummer? Vitello tonnato? Carpaccio?»

Sie schaute mich etwas verwirrt an. «Ach, vielleicht von allem etwas?»

Ich rauschte hinaus. Ich, Kämpferin für die Unterdrückten, Retterin der Armen. Die Jeanne d'Arc der Klofrauen! Nieder mit dem Kapital! Wir sind das Volk!

Die Preisverleihung war soeben zu Ende gegangen, und die ersten Kapitalisten drängelten sich in Richtung Büfett. Aber ich war schneller. Ich griff mir einen großen Teller und hortete darauf in Windeseile das Beste vom Besten. Ich bin zwar Einzelkind, aber mein Vater hatte einen ausgeprägten Appetit, also habe ich früh gelernt, was es heißt, ums Überleben zu kämpfen und innerhalb von Sekunden das größte Stück Braten zu erkennen und zu ergattern. Ganz oben auf den Teller platzierte ich – mahnendes Symbol für die Dekadenz der herrschenden Klasse – einen Hummer.

Teuer – aber tot.

Geschickt balancierte ich den übervollen Teller durch die immer dichter werdende Masse von dunklen Anzügen und prächtigen Roben. Ich hatte die Schwingtür am Ende des Saales im Auge. Ich sah nicht, wie Uschi Glas mit Iris Berben tuschelte, ich sah nicht, wie Mario Adorf erleichtert auf dem Herrenklo verschwand. Ich sah nur die Schwingtür, das Schild ‹Damen› und dahinter, vor meinem inneren Auge, das Klofräuchen mit ihren Stullen in der Tasche.

Zwei Meter vor dem Eingang zum Klo änderte sich mein Leben.

Aus den Augenwinkeln sah ich, wie sich ein dunkler Anzug aus einer Menschentraube löste. Der dazugehörige Mann machte zwei, drei Schritte rückwärts, um sich dann mit Schwung umzudrehen.

Dann sah ich einen fliegenden Hummer, flankiert von einer Portion Kaviar-Kartoffeln und etlichen Roastbeef-Scheiben. Das Todesgeschwader schoss auf die Schwingtür mit der Aufschrift ‹Damen› zu – die sich in diesem Moment öffnete.

Wie in Zeitlupe landete der Hummer, teuer, aber tot, in einem Dekolleté, gleich unter dem Aquamarincollier. Die Beilagen fanden ihren Platz auf dem dunkelroten Helmut-Lang-Kleid sowie auf den Prada-Sandaletten der Dame, die vor zwei Stunden einen Preis für die beste weibliche Hauptrolle gewonnen hatte.

Ich selbst lag auf einem Mann. Ich sah in seine schreck- und schmerzgeweiteten Augen, da sich mein Knie beim Fallen offensichtlich in seinen Schritt gebohrt hatte. Das war meine erste Begegnung mit den Geschlechtsteilen von Dr. med. Daniel Hofmann.

Die weibliche Hauptrolle hatte sich nach einer Schrecksekunde in die Toilette geflüchtet. Dort schloss sie sich in einer Kabine ein und war, was ich einen Tag später dann den Tageszeitungen entnahm, den ganzen Abend über nicht wieder aufgetaucht. Gegen Mitternacht hatte sie, angeblich in ein weißes Tischtuch gehüllt, den Veranstaltungsort durch einen Hinterausgang verlassen.

Während ich mich noch hochrappelte, um den sich unter mir windenden Herrn zu befreien, war das Klofräuchen schon dabei gewesen, das Büfett vom Boden aufzuwischen.

Wir tauschten einen Blick.

Verständnisvoll. Dankbar. Verzweifelt.

Der Mann war inzwischen auch auf die Füße gekommen, hielt sich die Genitalien mit beiden Händen und starrte mich an, als sei ich die Inkarnation des Bösen. Ich wusste nicht, was ich sagen sollte.

Mittlerweile umkreisten uns etliche Kellner, Fotografen und neugierige Gäste. Eine rothaarige Frau, die aussah wie eine früh und üppig entwickelte Vierzehnjährige, bahnte sich ihren Weg durch die Menge, warf erst mir einen vernichtenden Blick zu und stürzte sich dann auf den demolierten Mann.

«Dani-Schatz», rief sie mit schriller Stimme. «Was ist passiert?» Wieder ein böser Blick in meine Richtung.

«Ist schon in Ordnung», stammelte Dani-Schatz. «Geht schon wieder.» Er sah recht elend aus, wie er da in verkrümmter Pose stand. Eine Hand immer noch zwischen die Beine geklemmt, die andere haltsuchend auf dem leicht gebräunten Arm der Rothaarigen.

«Lass mal sehen, mein armes Schätzchen», jammerte sie und fing an, sich an seinem Reißverschluss zu schaffen zu machen.

«Nimm deine Hände weg, verdammt nochmal», fauchte Dani-Schatz.

«Da sehen Sie, was Sie angerichtet haben, Sie dämliche Kuh!», keifte die Dame in meine Richtung.

Ich finde, dass in Momenten äußerster Anspannung sich

doch immer wieder der wahre Charakter eines Menschen zeigt. Dessen eingedenk versuchte ich, meinen wahren Charakter für mich zu behalten, schluckte die Beleidigung hinunter und beschloss, diese Frau mit Missachtung zu strafen. Schließlich ging es hier weder um mich noch um sie, sondern um den armen Mann, der nicht nur mit Unterleibsblessuren, sondern auch noch mit einer vulgären Freundin gestraft war.

Ich machte einen hilflosen Schritt auf die beiden zu. «Es tut mir so leid», nuschelte ich. «Brauchen Sie vielleicht einen Arzt?»

«Einen Arzt? Einen Arzt?» Die Frau funkelte mich mit ihren grünen Augen derart überzeugend an, dass ich keinen Moment länger daran zweifelte, dass sie gefärbte Kontaktlinsen trug. Wahrscheinlich war auch das rote Prachthaar nicht echt. Mogelpackung, dachte ich und streckte angriffslustig meine Brüste raus. War ich froh, dass ich heute welche zum Rausstrecken hatte. Das verschafft einer Frau in solchen Momenten wesentlich mehr Autorität.

«Er ist selbst Arzt. Und was Sie brauchen, ist ein Anwalt. Und zwar einen guten!»

«Komm, Carmen, jetzt mach doch nicht so ein Theater. Es geht schon wieder. War ja auch keine Absicht», murmelte Dani-Schatz beschwichtigend.

Carmen? Carmen? Dass ich nicht lache. Das war doch niemals ihr echter Name! Wahrscheinlich wechselte die Pissnelke mit jeder Poly-Color-Langzeittönung ihren Vornamen.

Schwarzes Haar: «Ich heiße Verona.»

Blondes Haar: «Mann nennt mich Cloodia.»

Ich hätte gerne etwas Schlagfertiges, Niveauvolles erwidert. So was wie: «Mir scheint, Sie treten gerade über die Ufer, Sie Rinnsal.» Habe ich mal in einem Theaterstück gehört. Aber es fiel mir in dem Moment natürlich nicht ein. Das ist ja meistens so. Wenn mein Chef blöde Sachen zu mir sagt, stammele ich auch meist nur «Äh, tja, ähem». Und es macht keinen intellektuellen Eindruck, ihn einen Tag später anzurufen und nachträglich mit einer schlagfertigen Antwort zu konfrontieren.

Ich sagte also: «Äh, tja, ähem.»

Aber das Weib war nicht zu bremsen. «Was heißt hier keine Absicht?» Jetzt keifte Frollein Carmen ihren Liebsten an.

«Sie hätte dich umbringen können! Oder noch schlimmer!»

In diesem Moment tauchte glücklicherweise Jo auf. Sie erfasste die Situation in Sekunden, grapschte sich meinen Arm und flüsterte: «Komm, wir machen uns besser vom Acker.»

Und das taten wir. Wir eilten zur Garderobe, lösten unsere Mäntel aus, und beim Hinausgehen erhaschte ich noch einen Blick auf Dani-Schatz und seine falsche Carmen.

Sie hing besitzergreifend bei ihm eingehakt, während er tröstend auf sie einredete. Über ihre milchweiße Schulter hinweg trafen sich unsere Blicke. Ich konnte seinen Ausdruck nicht recht deuten. Ich würde sagen, es war eine Mischung aus Belustigung, Verachtung und noch irgendwas anderem. Jedenfalls fiel mir da zum ersten Mal auf, dass er ganz wunderschöne Augen hatte.

17:47

Habe den Weihnachtsbaum inspiziert, und ich bin zu dem Schluss gekommen, dass ich ihn unmöglich durch die Straßen schleppen kann, solange es draußen noch hell ist. Würde mich zum Gespött der Leute machen und womöglich im Park entdeckt und wegen unerlaubter Entsorgung von Abfall verhaftet werden. Und ich weigere mich einfach, die Möglichkeit in Betracht zu ziehen, dass ich noch immer hier sein werde, wenn es dunkel ist. Ich werde durch die lauschige Nacht spazieren, Hand in Hand ... Uuuh, stopp.

Der Anblick des Weihnachtsbaumes hat mich nachdenklich gestimmt. Ich sollte Mama mal wieder anrufen. Außerdem hat mich das beinahe nadelfreie Gerippe an meine letzte Beziehung erinnert. Sascha hatte die Tanne in seinem silbernen Mercedes 2,0-was-weiß-ich transportiert – und sich mächtig über die klebrigen Harzflecken auf den Rückenlehnen aufgeregt.

Sascha war ein Pedant, das muss man ganz klar so sagen. Und auch sonst waren wir total verschieden. Es war fast rührend, wie wir bei unserem ersten Rendezvous versuchten, irgendeine Gemeinsamkeit auszukundschaften.

Sascha hatte mich in der Sauna angesprochen, weil er meine Tätowierung auf der Hüfte für ein versehentlich haften gebliebenes Preisschild gehalten hatte. Na ja, und wie das so ist. Wenn man sich nackt kennenlernt, ist man doch immer etwas gehemmt. Aber er hatte eine angenehme Stimme, freundliche Augen und den knackigsten Arsch, den ich je gesehen hatte – und so ließ ich mich zum Essen einladen.

Am ersten Abend siezten wir uns, was ich irgendwie ganz romantisch fand. Sascha trug eine Nickelbrille und sah sehr klug aus, was er leider, wie sich herausstellen sollte, auch war.

«Was liegt denn zurzeit auf Ihrem Nachttisch?», fragte er mich gleich zu Beginn.

Da war ich aber platt. Was meinte der Mann? In Gedanken stellte ich mir meinen Nachttisch vor, so wie ich ihn heute Morgen, eine halbe Stunde nachdem ich eigentlich schon im Büro sein sollte, verlassen hatte.

Zuallerobersт liegt meine Schrundencreme. Wenn man die über Nacht einwirken lässt, kann man die Hornhaut von den Füßen am nächsten Morgen ganz leicht abziehen. Daneben sitzt mein Stoffhäschen, das ich vor ungefähr 150tausend Jahren zum Geburtstag bekommen habe. Daneben steht ein ziemlich voller Aschenbecher auf etlichen unterbelichteten Schrankwand-Fotos, daneben ein Glas, in dem die Rotweinreste festgetrocknet sind, und eine Packung Johanniskraut-Dragees zur Stärkung der Nervenkraft.

Als ich in Saschas kluge, gefühlvolle, ästhetisch empfindliche Augen schaute, wusste ich, dass ich ihm diesen Anblick fürs Erste ersparen musste.

Er war bestimmt nicht der Typ, der bei Ansicht meiner Oberschenkel in unflätiges Gelächter ausbrechen oder beim Erstkontakt mit meinen Zehen auf die Toilette flüchten würde. Aber die Konfrontation mit mehreren, auch noch gebundenen Rosamunde-Pilcher-Romanen, einem leuchtenden Gummibärchen am Fußende meines Bettes und einer Stange ‹Gauloises légères› neben der Badewanne?

Nein. So viel Realität kann man niemandem in der ers-

ten Nacht zumuten. Das wäre ungefähr so, als würde man einem Mann beim ersten Date anvertrauen, dass man bei ‹Trivial Pursuit› immer verliert und auf die Frage «Welche ist die größte Insel im Mittelmeer?» einmal geantwortet hat: «Australien.» Nicht dass mir das jemals passiert wäre. Jetzt bloß mal so, als Vergleich.

«Och», sagte ich also ablenkend. «So dies und das. Was liegt denn auf Ihrem Nachttisch?» Es empfiehlt sich immer, Fragen, die man nicht beantworten möchte, unbeantwortet zurückzugeben.

«Also auf meinem liegt zurzeit ‹Das Christentum in totalitären Regimen›. Das ist wirklich ein lehrreiches und empfehlenswertes Buch.»

Ich nickte gewichtig. Ich finde, eine Wohnung sagt sehr viel über ihren Bewohner aus. Ich lese in Wohnungen wie in Biographien.

Was sagt uns zum Beispiel eine kilometerlange Schallplattensammlung gleich neben dem Wassili-Sessel?

Folgendes: «Ich bin diskutierfreudig, habe Foucault gelesen und Verständnis, wenn du statt Sex Kopfschmerzen hast. Ich spiele einmal die Woche Squash, denke beim Onanieren an Iris Berben, würde das aber nie zugeben, liebe meine alten T.-Rex-Scheiben mehr als mein Leben, und obschon ich auch nichts gegen einen guten Champagner habe, weiß ich noch genau, wie es sich anfühlt, eine Bacardi-Cola in einen von ‹Ho, Ho, Ho Chi Minh›-Rufen heiseren Hals zu kippen.»

Was sagt uns das IKEA-Billy-Regal, die vollständige Karl-May-Bibliothek, der mannshohe Computer, umgeben von Millionen von Disketten?

Folgendes: «Ich liebe meine Mutter, das bilde ich mir zumindest ein, Analverkehr halte ich für pervers und Achselbehaarung für erotisch. Mein Zuhause ist das Internet, mit Jule Neigel würde ich gerne mal eine Nacht verbringen, und ich habe nichts dagegen, wenn meine zukünftige Frau fleischfarbene Strumpfhosen trägt.»

Nun ja, solche Wohnungen sind zumindest ehrlich eingerichtet. Schlimmer sind die, die versuchen, etwas zu verbergen.

Unter edelster Auslegware kann ein schlechter Charakter stecken. Hinter handbemaltem Porzellan eine dominante Mutter und unter teuersten Taschenfederkernmatratzen ein fürchterlicher Erbsenzähler. Ekelhafteste Machos vertuschen ihre Frauenfeindlichkeit gerne, indem sie im Badezimmer für ihre weiblichen Gäste Tampons in verschiedenen Größen bereitstellen.

Und ein gerahmtes Plakat aus dem ‹Museum of Modern Art› kann der aufmerksamen Frau nur eines sagen: «Mein Besitzer ist ein armes Schwein. Er hat Flugangst, war noch nie in New York, hält Picasso für die Nachfolgeband von Tic Tac Toe und sich selbst für einen guten Liebhaber.»

Meine Wohnung gehört leider zu den ehrlich eingerichteten Wohnungen. Deswegen überlege ich mir jedes Mal sehr genau, wen ich mit nach Hause nehme und wen nicht. Die Haustür zu öffnen, jemanden einzulassen, das ist, wie wenn man sich auszieht. Nach und nach kommt die Wahrheit ans Tageslicht. Mit dem Push-up-BH, der Wonder-Po-Strumpfhose, der vorteilhaft geschnittenen Jeans verabschiedet sich das Bild, das man dem geneigten männlichen Betrachter von sich selbst vermitteln möchte. In meiner Wohnung bin ich immer nackt.

Sascha hatte mein intensives Schweigen leider als Aufforderung aufgefasst, das Thema anspruchsvolle Literatur noch zu vertiefen.

«Welches Buch von Don DeLillo halten Sie für sein bestes?» Er schaute mich freundlich an und erinnerte mich an meinen Religionslehrer während meiner mündlichen Abiturprüfung.

Don DeLillo? Don DeLillo?? Verdammt, der Name kam mir bekannt vor.

«Aaah, mir gefällt sein Roman ‹Unterwäsche› total gut!», rief ich erleichtert. Ich hatte es neulich irgendwo im Schaufenster gesehen. Ein Hoch auf mein gutes Gedächtnis.

Damit, so glaubte ich, war das Eis gebrochen. Als ich am nächsten Tag Gelegenheit hatte, seinen Nachttisch persönlich kennenzulernen, schwieg Sascha dezent, was ich ihm bis heute hoch anrechne. Das Buch von diesem verfluchten DeLillo lag gleich neben der Leselampe. Und es heißt ‹Unterwelt›. Früher oder später kommt's halt raus, wenn man gebildeter tut, als man ist. In diesem Fall leider früher.

Wir verplauderten entspannt unseren ersten Abend – das heißt, Sascha plauderte, ich hörte zu. Ich stellte viele Fragen, bloß um nicht wieder in die Verlegenheit zu kommen, Antworten geben zu müssen. Und er fühlte sich sichtlich wohl. Männer lieben Frauen, die ihnen das Gefühl geben, interessant zu sein. Und sie halten jede Frau für klug, die ihnen zuhört.

Um einen nachhaltig guten Eindruck zu hinterlassen, sollte man bei der ersten Verabredung nur zwei Sätze in regelmäßigen Abständen sprechen:

1.) Erzählen Sie mehr davon, das interessiert mich sehr.

2.) Ach, das habe ich nicht gewusst.

Ich habe Sascha an diesem Abend nicht mit zu mir nach Hause genommen. Ich bin noch nicht mal mit zu ihm gegangen. Wir taten es gleich vor Ort, auf der Herrentoilette.

Wir wussten, dass wir füreinander bestimmt waren, denn nach mühsamer Fahndung hatten wir doch noch etwas entdeckt, was wir gemeinsam hatten. Sascha und ich, so fanden wir an unserem ersten Abend heraus, mochten beide kein Zitroneneis. Und wir hielten das für einen vielversprechenden Anfang.

17:53

Dr. Daniel Hofmann. Ich werde dich jetzt anrufen. Wer bin ich denn, dass ich mich hier zur Komplettidiotin mache? Glotze das Telefon an, beschäftige mich mit Weihnachtsbäumen und gescheiterten Liebesbeziehungen.

Gute Güte! Wie tief bin ich gesunken! Wenn ich ihn jetzt anrufe, wird er glauben, ich hätte Interesse an ihm. Weiß doch jedes Kind, dass man damit jeden Mann vergrault. So was verschreckt sie. Dann ziehen sie sich sofort in ihr Schneckenhäuschen zurück und sind nur durch stete und lang andauernde Missachtung und Misshandlung wieder hervorzulocken.

Andererseits: Bin dreißig Jahre alt und auf moderne Weise emanzipiert.

Das heißt: Ich weiß zwar nicht, wie man den Premiere-Decoder anschließt, kann aber einen entsprechenden Techniker bezahlen.

Das heißt: Ich habe im Selbstverteidigungskurs den Hodenquetschgriff gelernt und kann alleine nach Hause gehen.

Das heißt: Ich kann mein Filetsteak selbst erlegen, meine Höhle warm halten.

Das bringt mich direkt auf den Satz, den ich mal in einem klugen Buch gelesen habe und seither oft zitiere: «Seit mindestens hundert Jahren gibt es einfach keine Veranlassung mehr, ein Mann zu sein.»

Kann mir dann vielleicht mal jemand erklären, wie es kommt, dass ich seit zwei Stunden auf den Anruf eines Wesens warte, für dessen Existenz es überhaupt keine Veranlassung gibt?

Werde jetzt nach der eisernen Regel für solche Notfälle verfahren:

Wenn du ihn anrufen willst, dann ruf in jedem Fall vorher deine beste Freundin an. Und wenn sie wirklich deine beste Freundin ist, wird sie sagen: «Ruf ihn nicht an.» Und wenn du wirklich ihre beste Freundin bist, wirst du sagen: «Okay», und dann ein gutes Buch lesen.

In solchen Fällen stellt sich heraus, wer gute Freundinnen und was gute Bücher sind.

17:55

Johanna ist nicht zu Hause. Habe ihr aber auf Band gesprochen und dringend um Rückruf gebeten. Fühle mich jetzt wesentlich ruhiger und werde einfach aufhören mit dieser kindischen Warterei.

17:57

Weiß jetzt, warum er nicht anruft. Bin zu dick. Bin sehr unglücklich.

17:58

Fettverbrennung. Im Grunde ist das die einzige ehrliche Antwort, die man geben kann.

Man stelle sich vor: Du triffst dich mit diesem dickli-

chen Endfünfziger in einer Gaststätte, in der die Servietten so steif gebügelt sind, dass man sie auch als Frühstücksbrettchen benutzen könnte. Der hässliche Zwerg ist Mega-Super-Manager einer irrsinnig angesagten Firma, bei der du gerne arbeiten möchtest. Er könnte dein zukünftiger Chef sein, und natürlich möchte er eine Mitarbeiterin, die nicht nur Expertin auf ihrem Gebiet ist, sondern auch anderweitige Interessen hat.

Irgendwann wird er dich unweigerlich mit diesem Nun-zeigen-Sie-mal-was-Sie-sonst-noch-draufhaben-Blick nach deinen Hobbys fragen. «Und was machen Sie in Ihrer Freizeit?»

Wenn du klug bist, wirst du sagen:

«Ich interessiere mich sehr für dekonstruktivistische amerikanische Literatur. Darüber hinaus reise ich gerne in die Kulturmetropolen Europas. Haben Sie diese ganz ungeheuer provozierende Damien-Hirst-Ausstellung in London gesehen? Nun ja, und wenn ich dann tatsächlich mal einen Abend zu Hause bin, schaue ich mir, das muss ich ehrlich gestehen, am liebsten tschechische Avantgarde-Filme auf ‹ARTE› an. Dabei kann ich richtig schön entspannen.»

Wenn du ehrlich bist, wirst du sagen: «Fettverbrennung. Mein größtes Hobby ist Fettverbrennung. Da ich nämlich weder zu den 0,8 Prozent Frauen gehöre, die essen können, was sie wollen, und dennoch auf Partys mit ihrem Untergewicht protzen, noch zu den 4,3 Prozent Skeletten, die am Tag eine halbe Kiwi verputzen und behaupten, sie seien satt. Ich esse gern. Ich esse viel. Ich liebe die Sahnesoße auf den Fettuccini, Schokobons, Pringles und den Fettrand am Steak. Und deshalb kehre ich in meiner karg bemessenen Freizeit am liebsten in einem Fitnessstudio ein. Ja, ich gehöre zu den schwitzenden Idiotinnen, die eine Stunde lang auf dem Stair-Master eine imaginäre Treppe hochsteigen. Die sich in Bauch-Beine-Po-Kursen quälen. Die bei ‹I will survive› ihre Adduktoren und Abduktoren stählen. Auf dem Laufband habe ich eine Summe von Kilometern zurückgelegt, die in etwa Ihrem Jahresgehalt entspricht. Sie fragen nach meiner Freizeit? Es gibt Zeiten, in denen ich zunehme. Es gibt Zeiten, in denen ich abnehme. Ich habe keine Freizeit.»

Jo hat so einen dickbäuchigen Manager beim Einstellungsgespräch mal gefragt, wann er denn zum letzten Mal seinen Schwanz gesehen habe. Unnötig zu sagen, dass den Job eine Dame bekommen hat, die ihrem dicken Chef seither, immer wenn seine Gattin mit den Blagen im Tessin ist, den Whirlpool mit ihren vorstehenden Beckenknochen zerkratzt.

Ich weiß auch nicht. Habe in einer Zeitschrift, die den Titel ‹Ab Kleidergröße 38 verboten› tragen könnte, etwas Entsetzliches über Claudia Schiffer gelesen: Soll 56 Kilo wiegen! Dabei ist sie 12 Zentimeter größer als ich!

Dafür hat sie hoffentlich einen schlechten Charakter und ein freudloses Dasein. Dieses Vegetieren aus dem Koffer. Heute Miami, morgen Paris, übermorgen Sydney. Nee, das ist ja auch kein Leben.

Ob Claudia schon häufig auf Anrufe gewartet hat? Kann man Claudia überhaupt so einfach anrufen?

Ob sie sich jemals mit Selbstverstümmelungsgedanken getragen hat, nach dem Besuch in einer gnadenlos ausgeleuchteten Umkleidekabine bei H&M?

Ob sie jemals bei der Anprobe auf halbem Wege in einem Minikleid ohne Reißverschluss stecken geblieben ist und die Verkäuferin um Hilfe bitten musste?

Ob sie sich jemals nach dem Sex auf dem Weg zum Klo die Bettdecke um die Hüften gebunden hat?

Weiß sie, wie es ist, einen ganzen Abend mit eingezogenem Bauch zu verbringen? Wie gedemütigt man sich fühlt, wenn man sich in einem unachtsamen Moment freundlich und nackt über den Liebsten beugt und die kleinen Brüste dabei traurig herunterhängen wie leere Sunkist-Tüten?

56 Kilo! Ich weiß genau, wie ich mit 56 Kilo am Leib aussehen würde. Ich gehöre zu den Frauen, die immer zuerst an den falschen Stellen abnehmen. Null Brust. Null Hintern. Aber Oberschenkel wie Oliver Bierhoff und Waden, die auch ohne mich, jede für sich allein, überleben könnten.

Schluss jetzt damit. Mut zur Weiblichkeit!

Man sollte sein Fettgewebe mit Stolz tragen. Ich muss

meine Gedanken positivieren. An ermutigende Ereignisse denken, die mich aussöhnen mit meinem Körper.

Mal überlegen. Hmmm. Ja! Da fällt mir was Tolles ein. Hat leider wieder mit Sascha zu tun. Er hat mir das wunderbarste Kompliment gemacht, das ich je gehört habe.

Wir lagen sehr erschöpft und völlig unbekleidet unter seinem Schreibtisch. Er betrachtete mich versonnen, und während ich mir noch verzweifelt eine Bettdecke herbeiwünschte, sagte er: «Wenn ich so schön wäre wie du, würde ich den ganzen Tag lang onanieren.»

Nach dem überaus peinlichen Auftritt bei der Filmpreisverleihung – die letztendlich weder mir noch der Arbeiterklasse irgendwelchen Ruhm eingebracht hatte – fühlte ich mich ein paar Tage sehr elend.

Ich brauchte eine Zeitlang, um herauszufinden, woran das lag. Ich war weniger beschämt über das, was geschehen war, sondern vielmehr verärgert, dass ich mich gegenüber dieser entsetzlichen rothaarigen Person so hilflos gefühlt hatte. Eine Katastrophe zu verursachen ist eine Sache. Aber von einer hirnlosen Kontaktlinsenträgerin gedemütigt und gemaßregelt zu werden – diese Schmach saß tief. Zu tief.

Noch dazu hatte ich von Jo erfahren, dass Carmen in der letzten Episode einer Arztserie auf ‹RTL› die Schwesternschülerin Mona spielt, die sich in den stark behaarten Chefchirurgen verliebt, der daraufhin das Krankenhaus, Frau und zwei entzückende Kinder verlässt, um mit Mona ein neues Leben in Andalusien zu beginnen.

Nach einigen Telefonaten mit wichtigen TV-Menschen hatte Jo außerdem in Erfahrung gebracht, dass Carmen mit Nachnamen Koszlowski hieß und ihr richtiger Vorname eigentlich Ute war. Über ihr Liebesleben hatte Jo nichts herausfinden können.

Ute Koszlowski!

Ich dachte an Rache.

Ich dachte an Filmpreisverleihungen, auf denen mich Bruce Willis bittet, die Nacht mit ihm zu verbringen. «You look so attractive. I want you. And I want you now», flüstert er mir ins Ohr. Laut genug natürlich, dass es Carmen, die ihn gerade um ein Autogramm angebettelt hat, hören kann. Ich verbrachte eine Stunde vor dem Einschlafen damit, Rache-Szenarien zu entwerfen. So lange, bis Carmen schließlich ohne Mann dastand, ohne Job, ohne Haare. Doch letztendlich konnte ich nicht gegen die Realität anphantasieren.

Am nächsten Morgen regnete es in Strömen, es war für die Jahreszeit ungewöhnlich kalt, und nichts, aber auch wirklich überhaupt ganz und gar nichts, deutete darauf hin, dass dieser Tag ein schicksalhafter Tag werden sollte.

Ich schlich, wie jeden Morgen, ungeduscht und strubbelig, im Bademantel ins Treppenhaus, um die Zeitung aus dem Briefkasten zu holen. Jeden Morgen hoffe ich, dass ich dabei niemandem begegne.

Ich gehöre leider nicht zu den Frauen, die ansehnlich aussehen, wenn sie aufwachen. Das liegt unter anderem daran, dass ich abends meistens keine Lust habe, mich abzuschminken. Außerdem scheinen meine Haare nachts alles andere zu tun, als zu schlafen. Ich bin immer wieder überrascht, wenn ich morgens in den Spiegel schaue. Meist negativ. Die tollkühnsten Frisuren türmen sich auf meinem Kopf. Manchmal mache ich mir einen Spaß daraus und versuche, wie beim Bleigießen, herauszufinden, welche Bedeutung diese Haargebilde haben könnten: ‹Die unkoordinierte Strähne, die aus dem ansonsten plattgedrückten Haar am Hinterkopf herausragt, lässt heute auf ungewöhnliche Energie und Tatendrang schließen. Die Locke, die sich unvorteilhaft über die Stirnmitte windet, ist ein Zeichen für erotische Ausstrahlung und enorme sexuelle Attraktivität.›

Na ja. An diesem Morgen war mir nicht danach zumute. Ich sah aus wie ein Wischmopp, mit dem man auch gut in die Ecken kommt.

Am Briefkasten begegnete ich, schlechter kann ein Tag nicht anfangen, Frau Zappka aus dem Erdgeschoss, die gleichzeitig Hausmeisterin ist und sich für alles zuständig fühlt, besonders für das, was sie nichts angeht.

Vor zwei Monaten hatte ich eine kurze, aber laute Affäre mit dem Fahrer, der meiner Nachbarin jeden Mittag das Essen auf Rädern bringt. Zu der Zeit erwischte mich Frau Zappka, wie ich samstags um vier Uhr nachmittags versuchte, meine Post aus dem Briefkasten zu angeln. (Habe vor vier Jahren meinen Briefkastenschlüssel verloren. Seither benutze ich einen Kochlöffel, der unten mit beidseitig klebendem Klebeband umwickelt ist.)

«Na, ist wohl spät geworden, gestern Nacht», sagte eine schrille Stimme hinter mir, die mich so erschreckte, dass mir der vielversprechend aussehende Umschlag, den ich schon in greifbare Nähe heraufgezogen hatte, entglitt und wieder in den Tiefen meines Briefkastens verschwand.

«Na ja», sagte ich blöde. «Ist ja Wochenende. Kann man ja ausschlafen.»

«Sie sollten sich mal einen Schlüssel nachmachen lassen.»

Ich sagte nichts. Der vielversprechende Umschlag kam zum Vorschein. Absender waren die Gaswerke. Mist.

«Unser Haus ist ja wirklich sehr hellhörig.» Frau Zappka ließ nicht locker. Ihr Ton bekam jetzt etwas Höhnisches.

«Mmmmmh.»

«Der Sander im Zweiten hat wieder Bronchitis. Der hustet, dass bei mir im Schrank die Gläser klirren.»

«Mmmh, mmmh. Schlimm.»

«Und dieses homosexuelle Paar ganz oben. Ich habe ja nichts dagegen, aber am Wochenende kommen die nie vor vier Uhr morgens nach Haus. Und grölen im Treppenhaus, dass sogar mein Mann aufwacht, und der hat 'nen gesunden Schlaf. Na ja, na ja. Ich bin eh mal gespannt, wie lange das mit den beiden gutgeht. Weiß man ja, dass diese gleichgeschlechtlichen Beziehungen nicht von Dauer sind.»

«Mmmh ...»

«Und Sie, Frau Hübsch?»

Jetzt hatte ich eine Postkarte von Jo am Löffel kleben.

«Sie haben wohl auch wieder 'nen neuen Freund?»

Ich überflog Jos Zeilen:

«Hallo Cora-Schatz! Bekommst du noch täglich dein Essen auf Rädern? Hauptsache, was Warmes im Bauch, sach ich immer.

Har! Har! Har! Liebe Grüße aus New York!

Hab Sex im Bett und anderswo
rät dir in Freundschaft, Deine Jo»

Sehr süß. So machen wir das immer. Die letzten Zeilen

unserer Briefe und Karten sind gereimt. Dabei ist Jo allerdings im Vorteil: Jo. Po. Sowieso. Irgendwo. Damenklo. Amigo. Dildo.

Auf Cora reimt sich fast gar nichts. Auf Hübsch auch nicht. Meinen besten Reim hab ich ihr von Mallorca geschrieben:

«Das Wetter geht mir an die Nieren
sogar die ganzen Putzfrauen frieren.
Wünsch mir 'nen Pulli aus Angora
mit klammen Händen grüßt
Deine Cora»

War genial. Fand ich.

«Frau Hübsch? Haben Sie einen neuen Freund? Ich hatte nur so den Eindruck. Die letzten Tage.»

Mannomann. Frau Zappka, du alte Nervensäge.

«Was? Ach so. Ja. Gewissermaßen.» Woher wusste die Schabracke von meinen erfüllten Nächten? Mir schwante Schlimmes.

«Wissen Sie, Frau Hübsch, man hört in diesem Haus ja wirklich alles. A-l-l-e-s.»

Nun, mein neuer Gefährte gehörte eben nicht zu den verklemmten, pseudomännlichen Typen, die auch im Bett nie zeigen, was wirklich in ihnen vorgeht. Ich liebte seine Lautstärke. Erstens weiß man dann als Frau immer, wann man aufhören kann, so zu tun, als würde man vor Lust vergehen. Nichts ist schlimmer als die Kerle, die plötzlich, ohne Vorankündigung fertig sind. Wie soll man denn da glaubwürdig einen Orgasmus simulieren?

Und zweitens machte es mit ihm wirklich Spaß. Rein sexuell gesehen. Ich wusste von Anfang an, dass dieser Mann nichts für Dauer war. Er verstand meine Witze nicht. Und wenn ich eines nicht leiden kann, ist es, wenn einer über meine Witze nicht lacht. Die sind nämlich gut. Meistens jedenfalls.

Zum Glück war ich an diesem Morgen blendend gelaunt und schlagfertig.

«Sie haben ja sooo recht, Frau Zappka», säuselte ich zuckersüß. «Ich höre in diesem Haus auch a-l-l-e-s. Bloß von Ihnen und Ihrem Mann höre ich nichts. G-a-r n-i-c-h-t-s. Schönen Tag noch.»

Da war die aber platt, die alte Zicke. Ha!

Aber an besagtem, schicksalhaftem Tag war ich nicht gut gelaunt, hatte die Nacht nicht mit einem grölenden Beischläfer verbracht, und auf dem Kopf sah ich so aus, wie ich mir Tina Turner vorstelle, wenn sie über Nacht von Albträumen heimgesucht wurde.

«Sie sollten sich wirklich mal einen Schlüssel nachmachen lassen», sagte Frau Zappka.

Sie kam offensichtlich vom Einkaufen und zog eine rollende Einkaufstasche hinter sich her. Um sich vor dem Regen zu schützen, trug sie eine durchsichtige Plastikhaube über dem Kopf, die mit einem Gummizug gehalten wurde und auf ihrer Stirn hässliche rote Striemen hinterlassen hatte.

«Ja, ist in Arbeit», murmelte ich. Verglichen mit Frau Zappka sah ich zwar aus wie ein hochbezahltes Model, dennoch versuchte ich, mein Gesicht hinter der Zeitung zu verbergen.

Warum tue ich mir das an? Warum dusche ich nicht, lege Make-up auf, ziehe mich ordentlich an, bevor ich die Woh-

nung verlasse? Verona Feldbusch, habe ich gelesen, geht nicht ungeschminkt zum Briefkasten. Und das, obschon sie es sich, im Gegensatz zu mir, wahrscheinlich leisten könnte.

Stattdessen stehe ich im fadenscheinigen Bademantel, einen Kochlöffel in der Hand, im Flur und lasse mich von einer in Plastik gehüllten Hausmeisterin demütigen. Irgendetwas läuft grundlegend falsch in meinem Leben. So viel ist sicher.

Ich ließ die Zappka einfach stehen und floh in meine Wohnung. Kaffee war alle. In der Zeitung stand unter ‹Vermischtes›, dass Carmen Koszlowski eine Rolle bekommen soll in einer Daily Soap. Das Leben ist so ungerecht.

Ich rauchte sechs Zigaretten. Und bekam Magenschmerzen. Umso besser. Ich war viel zu deprimiert, um zur Arbeit zu gehen und fünfundzwanzig Schlafsofas abzulichten. Ich wollte krank sein. Mindestens drei Tage. Ich brauchte Zeit, um mein Leben zu ordnen.

Ich wählte die Nummer meines Hausarztes. Und das Schicksal nahm seinen Lauf.

Arztpraxen sehen immer gleich aus. Ich saß im Untersuchungsraum. Rechts von mir stand eine Liege mit hellgrauem Plastikbezug und diesem übergroßen Zewa-Wisch-&-Weg-Zeug drauf. Darüber hing ein Bild, das den menschlichen Körper von innen darstellte. Die Organe waren farbenprächtig ausgemalt und beschriftet.

Ich meine, wer würde sich so was ins Wohnzimmer hängen? Wen interessiert, wo genau die Bauchspeicheldrüse ihren Job macht? Neben dem Ultraschallgerät stand eine Skulptur. Ein Kunststoffherz, naturgetreu nachgebildet. Von blauen und roten Adern umzingelt. Äh. Ekelhaft. Ich war schlecht gelaunt. Im Bücherregal standen Werke mit Titeln wie: ‹Die dysmentionellen Funktionen der Aorta› oder ‹Der subhypertonide Patient› oder ‹Der Mastdarm, gestern und heute› oder so ähnlich.

Warum stellen sich Ärzte immer so'n Zeug in den Schrank? Glauben sie, damit Eindruck zu schinden? Glauben sie, wir würden glauben, dass sie das alles gelesen hätten? Oder glauben sie, dass es uns beruhigen würde, zu wissen, dass sie im Falle eines akuten Mastdarmproblems ja bloß schnell unter ‹Akutes Mastdarmproblem› nachschlagen müssen?

Ich war übellaunig. Extrem übellaunig. Und es würde mir unter diesen Umständen nicht schwerfallen, bei meinem Hausarzt einen leidenden Eindruck zu hinterlassen.

«Guten Tag. Ich vertrete Dr. Bahr für die nächste Woche», sagte eine mir völlig unbekannte Stimme hinter meinem Rücken.

Auch das noch. Eine Vertretung. Wahrscheinlich irgend so ein Veteranen-Arzt, der im Ersten Weltkrieg Unterschenkel auf Schlachtfeldern amputiert hat und jetzt von seinem Altenteil aus reaktiviert wurde. Hätte ich das gewusst. Ich wäre lieber arbeiten gegangen.

«Was haben Sie für ein Problem?» Der Weißkittel ging an mir vorbei, ließ sich auf der anderen Seite des Schreibtisches nieder und hob sein Haupt.

Er glotzte. Ich glotzte. Verging gerade eine Ewigkeit?

Mein Gehirn verabschiedete sich kurzfristig, und zu meinem eigenen Entsetzen hörte ich mich flüstern: «Dani-Schatz.»

«Nun ja, eigentlich heiße ich Hofmann. Dr. Hofmann.»

«Ja, natürlich. Entschuldigung. Ich heiße Hübsch. Cora Hübsch.»

«Ja, ich weiß. Steht in den Akten.»

«Ja, natürlich. Entschuldigung. Ich, ääh. Wie geht es Ihnen? Ich meine, geht es Ihnen wieder besser? Es tut mir so leid, was passiert ist.»

Dr. Daniel Hofmann schaute mich an. Nicht wirklich freundlich. Eher wie einen untypisch verdickten Mastdarm.

«Wissen Sie, was ich mich die ganze Zeit gefragt habe? Warum sind Sie eigentlich mit diesem Hummer in Richtung Toilette gerannt? Hat Ihnen das Ambiente nicht gefallen? Oder essen Sie Hummer aus Prinzip auf dem Klo?»

Mein Gott! Wie sollte ich das erklären? In wenigen Worten?

Ich redete um mein Leben. Und um mehr als das. Teufel auch! Dieser Mann gefiel mir. Und immerhin hatte ich schon mal Kontakt zu seinen Geschlechtsorganen gehabt.

Während ich was von ‹Putzfrau mit Stullen›, ‹Klassenkampf›, ‹Marx und die soziale Ungerechtigkeit› stammelte, betrachtete ich ihn andächtig.

Blaue Augen, dunkle Haare. So was hat man selten. Und diese Hände! Es wäre eine Sünde, wenn er mit diesen Händen nicht Klavier spielen würde. Ein paar dunkle Haare lugten unter dem Kragen seines weißen T-Shirts hervor. Das ließ auf Brustbehaarung schließen. Ich liebe Männer mit Brustbehaarung! Diese dunkle Insel auf der Brust, die sich zum Nabel hin leicht verjüngt und sich dort wieder erweitert zu einer vielversprechenden Haarverdichtung ... Nun ja.

«Es tut mir jedenfalls außerordentlich leid», beendete ich meinen verworrenen Bericht.

Er lächelte mich milde an. So, wie man einen gefährlichen Psychopathen anlächelt, der den Gutachtern im Irrenhaus versucht klarzumachen, dass er völlig normal sei.

«Vergessen wir das. Warum sind Sie heute hier, Frau Hübsch?«

Ohgottohgottohgott! Ich musste improvisieren! Magenschmerzen kamen natürlich unter diesen Umständen nicht mehr in Frage. Unmöglich der Gedanke, mir von diesem Gott, diesem Adonis, das untrainierte Bauchgewebe abtasten zu lassen.

Fieberhaft klapperte ich in Gedanken meinen Körper nach seinen vorzeigbarsten Stellen ab. Ja! Nackenverspannungen. Sehr gut. Die habe ich, seit ich einen Nacken habe, und zur Untersuchung muss man sich wohl kaum frei machen.

«Nackenverspannungen», sagte ich triumphierend. «Ich habe Nackenverspannungen.»

Was dann folgte, war das Demütigendste, was ich jemals

erlebt habe. Ich musste mich bis auf die Unterwäsche ausziehen und mit abgespreizten Armen über eine imaginäre Linie balancieren. Er sagte, er wolle sehen, ob mein Becken schief stünde – aber ich glaube, er wollte sehen, wie ich in verwaschen beblümter H&M-Wäsche mit hochrotem Kopf und abgespreizten Armen über eine imaginäre Linie balanciere. Es war entwürdigend.

Das niederschmetternde Ergebnis dieser Prozedur war, dass Dr. Hofmann eine Verkürzung meines rechten Beines um 1,3 Zentimeter diagnostizierte und mir ein Rezept über Schuheinlagen ausstellte.

«Kann ich sonst noch etwas für Sie tun?»

Ja! Ja! Sie können mir die Chance geben, alles wiedergutzumachen! Sie können mich fragen, ob ich Sie heiraten möchte! Was sollte ich tun? Was sollte ich sagen?

Hier saß ich. Tumbes, verwachsenes Trampeltier, demnächst mit orthopädischer Einlage im Schuh. Wenn ich jetzt diese Praxis verlasse, würde ich, das wusste ich genau, meines Lebens nicht mehr froh werden.

Ich dachte an Ute Koszlowski. Ich dachte an Bruce Willis. Ich dachte an Verona Feldbusch, die mal gesagt hat: «Mir ist nichts peinlich.»

Also dann. Zu verlieren hatte ich sowieso nichts mehr.

«Ja. Sie können tatsächlich noch etwas für mich tun.»

Er blickte überrascht auf. Meine Güte, war dieser Mann ein Prachtexemplar. Ich stand auf, griff über den Schreibtisch hinweg nach dem Rezeptblock und schrieb meine Telefonnummer drauf.

«Sie können mich anrufen. Bisher kennen Sie nur meine schlechtesten Seiten. Ich habe auch bessere.»

18:08

Telefon! Ach, ich fühle mich gerade so unwiderstehlich. Werde einfach nicht drangehen. Soll er mir doch auf den Anrufbeantworter sprechen. Eine Frau wie ich ist am Samstagabend nicht zu Hause.

18:09

«'tschuldige, Cora, konnte eben nicht ans Telefon gehen. Bin jetzt aber wieder erreich...»

«Hallo, Jo?!»

«Warum gehst du denn nicht gleich dran?»

«Wollte nur hören, wer's ist.»

«Ach du Scheiße. Wartest du etwa immer noch auf einen Anruf von deinem Leibarzt?»

«Na ja, nein, ja, also, nicht wirklich, ich ...»

«Sag mal, bist du nicht langsam zu alt für so was?» Jo hat eine sehr pragmatische Art. Das kann manchmal sehr hilfreich, aber unter Umständen auch recht verletzend sein.

Es ist ungefähr vier Jahre her, dass Jo zur Marketingleiterin ihrer Firma aufstieg und damit in eine Gehaltsgruppe jenseits der Neidgrenze. Der schwarze Dienst-BMW stand ihr ausgezeichnet, ebenso wie die Dolce & Gabbana-Anzüge und dieses milkywaygroße, ständig klingelnde Handy.

Innerhalb von vier Wochen fand sie ihre bevorzugte Champagnermarke heraus, wusste, wie man Totalversagern kurz und schmerzlos die Stellung kündigt und was man einem Alpha-Männchen zu antworten hat, das glaubt, eine

Frau in Führungsposition sei frigide, herrschsüchtig, trage Damenbart und wolle im Grunde genommen nur mal richtig durchgevögelt werden.

«Wissen Sie», pflegte Jo dann zu sagen, «Frauen und Männer werden erst an dem Tag wirklich gleichberechtigt sein, an dem auf einem bedeutenden Posten eine inkompetente Frau sitzt.»

Ich liebe Jo. Ich bin stolz auf sie und habe an ihr gesehen, was für ein verdammtes Schicksal es sein kann, langes, lockiges blondes Haar, Körbchengröße C, einen Arsch wie Naomi Campbell und einen Verstand wie die alte Gräfin Dönhoff zu haben.

Jo ist die tollste Frau, die ich kenne, und steckt damit exakt in demselben Dilemma wie Sharon Stone, die sagt: «Mein größtes Problem ist es, einen normalen Mann zu finden.»

Und Jo findet nicht nur keinen normalen Mann. Sie findet noch nicht mal einen passenden Therapeuten. Sogar die haben Angst vor ihr. Jo hat seit einem Jahr eine Therapeutin und lebt in erotischer Diaspora. Sie wird fast immer nur von muskulösen Volltrotteln angesprochen, die nicht bemerken, dass sie bei ihr an der falschen Adresse sind.

Jo braucht einen intelligenten, souveränen Mann.

Die sind

a) selten und

b) meistens schon mit ihrer Sekretärin verheiratet.

Es ist ein Trauerspiel. Jo und ich haben darüber eine interessante Theorie entwickelt, die meines Wissens noch in keiner Frauenzeitschrift erörtert wurde:

Männer suchen sich Frauen, die zu ihren Zielen passen. Ein ambitionierter Banklehrling wird eine Frau heiraten, die auch die Gemahlin eines Vorstandsvorsitzenden werden kann. Die teuer aussieht und gerne auch einen exquisiten Beruf haben darf, den sie dann aber für die Familie und seine Karriere aufgeben kann.

Die meisten Männer haben ein Problem damit, wenn Frauen Ziele verfolgen, die nicht zu ihren eigenen passen. Das Resultat ist, dass Frauen häufig ihre Ziele ändern. Sie verzichten auf ihren Beruf, um die Kinder großzuziehen. Sie verzichten auf ihre Beförderung, weil er für seinen Job in eine andere Stadt umziehen muss.

Frauen wechseln das Ziel. Männer wechseln die Frau. So einfach ist das.

Jo hat nie ihr Ziel aus den Augen verloren, aber so manchen Mann. Ihr letzter Freund, wir nennen ihn heute nur noch Ben den Beschränkten, ging nach Süddeutschland. Er war Lehrer und wollte sich dort zum Computerfachmann umschulen lassen. «Du siehst aus wie eine Frau. Aber in Wahrheit bist du ein Mann», hatte er ihr tief gekränkt gesagt, als sie sich weigerte, ihre Stellung aufzugeben, um mit ihm nach Oberbayern zu gehen. Er ging – sie war unglücklich.

Hatte Jo in ihrer Naivität doch geglaubt, es hätte ihm nichts ausgemacht, dass sie das Fünffache seines Gehaltes verdiente. Seien wir ehrlich. Was das angeht, leben wir immer noch in der Steinzeit. Er will die Mammuts nach Hause schleppen. Sie darf daraus einen schmackhaften Eintopf kochen. Jo will ihre Mammuts selbst erlegen. Das macht sie zum Problem.

Ich bin da übrigens ganz anders. Jo gegenüber gebe ich das nur ungern zu. Aber es gibt schon Phasen, in denen ich davon träume, Haushaltsgeld zu bekommen, das Personal rumzukommandieren und ansonsten Blumenbouquets in einer Stadtvilla zu arrangieren und meinen Gatten am Abend mit zwei Kindern auf dem Arm und einer neuen Kreation von Chanel zu begrüßen.

Das darf man natürlich nicht laut sagen. Tu ich auch nicht.

«Was ist los, Cora? Träumst du gerade davon, Arztgattin zu sein und in einer Stadtvilla Blumenbouquets zu arrangieren?»

Oh. Peinlich. Ich hatte es unvorsichtigerweise anscheinend doch mal erwähnt.

«Wie wär's, wenn du bei mir vorbeikommst? Wir könnten uns Spaghetti kochen und ‹Wetten, dass ...?› gucken. Was hältst du davon? Wie in alten Zeiten?»

Ach, da wird mir ganz wehmütig ums Herz.

Ich kenne Jo schon, seit wir beide sieben sind. Damals waren die Dagelsis in unsere Straße gezogen. Am Tag nach ihrem Einzug legte ich einen in Zeitungspapier gewickelten Kuhfladen vor die Tür ihrer Eltern, zündete das Ding an, klingelte und machte mich vom Acker. Jos Vater trampelte das Feuer aus, versaute sich die Hose mit Kuhkacke, und Jo und ich wurden die besten Freundinnen.

Ich rechne es mir bis heute hoch an, dass ich mich für die Freundschaft mit einem derart gutaussehenden Mädchen entschied. Jo war schon früher eine Schönheit, und mit ihr ins Freibad zu gehen war für mich eine Angelegenheit, die sehr viel Charakterstärke und ein gefestigtes Selbstbewusstsein verlangte. An ihrer Seite wurde ich durchsichtig. Kein Schwein guckte mich mehr an, und wenn ich zu Gesprächen etwas beizutragen versuchte, wurde ich so überrascht angestarrt, als wäre ich gerade in dieser Sekunde erst aus dem Erdboden gewachsen.

Ja, die Freundschaft mit Jo hatte mich Demut gelehrt.

«Was ist nun, Cora? Du willst doch nicht wirklich den ganzen Abend zu Hause sitzen?»

«Wollen will ich nicht. Aber ich kann, glaube ich, nicht anders.»

«Jetzt pass mal auf. Ich muss hier noch ein paar Unterlagen durcharbeiten. Wenn ich fertig bin, ruf ich dich wieder an. Entweder du gehst dann nicht ran, weil er angerufen hat und dich gerade auf dem Küchentisch vögelt. Oder du gehst ran. Und dann, schwöre ich dir, werde ich dafür sorgen, dass wir einen verdammt lustigen Abend haben.»

«Mmmmh. Weiß nicht. Wann rufst du denn ... Jo? Hallo?»

Aufgelegt. Ich wünschte, ich hätte auch ein paar Unterlagen durchzuarbeiten.

Nach meinem Besuch bei Dr. Daniel Hofmann schwebte ich wie auf Wolken. Ja! Ich hatte es gewagt. Ich war eine Heldin, so viel war schon mal klar. Egal, ob er sich melden würde oder nicht. Ich hatte mein Schicksal in die Hand genommen.

Als Erstes warf ich das Rezept für die orthopädischen Einlagen in den Müll. Dieses verkürzte rechte Bein hatte mich wacker durch dreißigdreiviertel Lebensjahre getragen. Und es waren gute Jahre gewesen, alles in allem.

Als Zweites versuchte ich, Jo anzurufen.

«Tut mir leid, Frau Dagelsi ist nicht im Office. Sie hat den ganzen Tag über ein Meeting», sagte ihre Sekretärin.

Office? Meeting? Wie das klingt. Sollte ich jemals in die Situation geraten, eine Sekretärin zu beschäftigen, würde ich als erste Maßnahme wieder Deutsch als Amtssprache einführen.

Ich verbrachte den Tag in aufrechter Haltung. Ich hatte mir meine Würde zurückerobert. Ich verließ das Büro eine Stunde später als sonst und machte dann noch einen ausgiebigen Stadtbummel. Ich wollte nicht in die Verlegenheit kommen, zu Hause zu sitzen und auf seinen Anruf zu hoffen. Außerdem wirkt es sehr lässig, wenn eine Frau die Größe besitzt, einem Mann ihre Telefonnummer zu geben, und dann nicht da ist, wenn er anruft.

Und außerdem, fiel mir dann noch ein, war es ja auch gar nicht wichtig, ob er anruft. Stimmt ja. Hier ging es um die Würde der Frau. Ruf an, ruf nicht an. Ist mir doch egal. Ich bin lässig, innerlich stark.

Ich war niedergeschmettert, als mich zu Hause der Anrufbeantworter mit hämischer Doppel-Null begrüßte.

18:11

Der Anrufbeantworter hat uns Frauen eine zweifelhafte Freiheit wiedergegeben. Früher schickte der Galan seiner Angebeteten Briefe oder tauchte zu später Stunde unter ihrem Balkon auf, um ihr etwas Selbstkomponiertes zu Gehör zu bringen. Das heißt: Dame musste warten, um ihn nicht aus Versehen zu verpassen.

Dann gab es eine ungünstige Zeit von circa siebzig Jahren, wo es zwar das Telefon gab, aber keine Anrufbeant-

worter. Das heißt: Dame musste warten, um ihn nicht zu verpassen. Es sei denn, sie hatte, wie zu den Anfängen der Telekommunikation üblich, ein Hausmädchen, das die eingehenden Gespräche annahm und somit die Funktion eines Anrufbeantworters innehatte.

Ich weiß noch, wie ich vor etwa zwanzig Jahren auf einen Anruf wartete. Jakob Rödder, unser anbetungswürdiger Klassensprecher, hatte mir in Aussicht gestellt, mich eventuell zu einem Eishockeyspiel mitzunehmen.

Natürlich gab es in unserem Haushalt weder einen Anrufbeantworter noch ein schnurloses Telefon. Der vorsintflutliche Apparat, mit einem unerhört leisen Klingeln und einem Hörer, der in etwa so viel wog wie eine Lammschulter mit Knochen, stand im Flur. Das heißt, ich konnte mich weder in meinem Zimmer aufhalten noch laut Musik hören noch

Fernsehen gucken noch baden noch duschen noch im Keller nach Schokolade suchen.

Ich war dazu verdammt, den Nachmittag in dem zugigen Flur zu verbringen. Auch, um meinem Vater zuvorzukommen.

Wie in allen klassisch strukturierten Familien hatte mein Vater als Ernährer gleichsam die Oberhoheit über den Fernseher und das Telefon. Die Emanzipation steckte noch in den Kinderschuhen, und als Familienoberhaupt war mein Vater sozusagen der alleinherrschende Anrufbeantworter unserer Kleinfamilie. Und ich hatte ihn im Verdacht, Nachrichten nicht nur zu speichern und wiederzugeben, sondern auch auf unpassende Weise zu kommentieren.

Dafür mag man nun Verständnis haben. Ich bin Einzelkind. Und der einzigen Tochter gegenüber entwickeln Väter wohl häufig einen gutgemeinten, aber in seinen Auswirkungen fatalen Beschützerinstinkt.

Ich kann nichts beweisen, aber ich glaube, dass er über Jahre hinweg meine Verehrer, teilweise schon bevor sie meine Verehrer werden konnten, am Telefon verschreckte. Aufgeschnappte Gesprächsfetzen kommen mir in den Sinn:

«Was willst du denn mal werden?»

«Was, Sie wollen nicht zur Bundeswehr?»

«Was meinen Sie damit, Sie wollen nach der zehnten Klasse abgehen?»

Aus diesem Grund hatte ich mir einen Klappstuhl neben das Telefontischchen gestellt (um die Rechnung so überschaubar wie möglich zu halten, hatten meine Eltern die direkte Umgebung des Telefons so ungemütlich wie möglich gestaltet), hatte mein Tagebuch auf die Knie gelegt und etwa eine Stunde damit verbracht, pubertäre Gedichte über die Liebe zu schreiben.

Aber damals war ich in der Kunst des Wartens noch nicht so bewandert wie heute. Vielleicht lag es auch daran, dass ich einfach noch nicht genug Frauenratgeber gelesen hatte, die meine weibliche, kindliche, unverbildete Impulsivität hemmten.

Jedenfalls hatte ich nach fünfundsiebzig Minuten keine Lust mehr. Ich wählte Jakob Rödders Nummer, um ihm zu sagen, dass ich in der letzten Stunde ununterbrochen telefoniert hätte und er ja sicher mehrmals vergeblich versucht habe, mich zu erreichen. Jakob war nicht zu Hause. Aber seine Mutter, ein aktives Mitglied der Elternpflegschaft, war am Apparat. Sie fragte mich, was ich denn mal werden wolle. Ich nehme an, Jakob war Einzelkind. Aus der Sache ist dann irgendwie nie was Richtiges geworden.

Heute, wie gesagt, hat sich die Phänomenologie des Wartens durch die Abwesenheit von behütenden Elternteilen und die Anwesenheit von Anrufbeantwortern und schnurlosen Telefonen dramatisch verändert. Und zwar sowohl für den Wartenden als auch für den, der auf sich warten lässt.

Es ist auf der einen Seite sehr beruhigend zu wissen, dass man immer erreichbar ist. Wie jetzt zum Beispiel.

Ich liege auf dem Sofa (ich liebe mein Sofa, es ist mit einem Zebrastoff bezogen und so groß wie eine Tischtennisplatte). Ich höre sehr laut Barry White *«Never gonna give you up, never ever gonna stop. I like the way I feel about you. Girl I just can't live without you!»* Wenn man sich auf die Stimme konzentriert und verdrängt, dass Barry White ein unglaublicher Fettsack ist, ist diese Musik wie ziemlich guter Sex.

Gleichzeitig läuft der Fernseher ohne Ton (Barbara Eligmann gefällt mir gut, ohne Ton).

Ich blättere in einer alten ‹BRIGITTE›-Ausgabe (‹Schlank werden, schlank bleiben: Wir haben's geschafft! Vier Erfolgsstorys›).

Ich esse Mini-Dickmann's. ‹Schokoladen-Schaumküsse aus der Frischebox›. Und während ich all diese Dinge tue, liegt mein Telefon in Hör- und Reichweite auf dem Sofakissen, gleich neben meinem Ohr.

Ich könnte jetzt sogar Zigaretten holen gehen. Mein Anrufbeantworter würde tapfer Wache halten. Andererseits wäre er auch der gnadenlose Beweis dafür, dass niemand in meiner Abwesenheit versucht hat, mich zu erreichen. Das ist wiederum sehr kränkend. Früher konnte man sich zumindest noch einbilden, das Telefon habe in dieser Zeit unausgesetzt geklingelt.

Außerdem, und jetzt kommt ein wirklich wichtiger Punkt: Wer sagt mir, dass der Anrufer, in diesem Falle Dr. Daniel Hofmann, überhaupt eine Nachricht hinterlassen würde?

Das würde ich mir an seiner Stelle zweimal überlegen. Das hieße ja, sämtliche Trümpfe aus der Hand zu geben. Dann wäre er schlagartig der Wartende. Müsste auf meinen Rückruf hoffen, ohne zu wissen, ob ich überhaupt an einem weiteren Kontakt interessiert bin. Was für eine Überwindung!

Es ist sehr verzwickt. Solange die jeweiligen Standpunkte nicht eindeutig geklärt sind.

Ich hatte meinen Standpunkt jedenfalls fürs Erste ziemlich klargemacht, als ich meine Nummer in der Praxis hinterließ. Und mit jeder Stunde, die verging, hatte ich immer weniger das Gefühl, eine Heldin zu sein. Um Mitternacht ging ich ins Bett mit der Gewissheit, mich total blamiert und zum völligen Affen gemacht zu haben.

Erst am nächsten Vormittag rief Jo mich zurück. Ich war gerade im Studio und versuchte, einem Resopal-Beistelltisch («Ihr funktionaler Helfer in Haushalt und Büro») fotografisch einen Hauch von Würde zu verleihen. Von meiner Würde war bis dahin nichts mehr übrig geblieben.

«Cora, es ist da was Komisches passiert.» Jo klang seltsam verdruckst. Sonst gar nicht ihre Art.

«Was'n los?» Ich hatte im Moment wirklich genug eigene Probleme. Akuter Selbstwertverlust, begleitet von rasanter Beinverkürzung.

«Als ich gestern Abend nach Hause kam, hatte ich eine Nachricht auf Band.»

Die Glückliche. Ich nicht.

«Irgendein Daniel. Will sich mit mir verabreden. Kenne den Mann gar nicht.»

Was? Wie? Wieso? Daniel? Mein Dr. Hofmann? Ruft meine beste Freundin an? Ich fiel fast um, wo war der Boden unter meinen Füßen? Unglaublich harter Schicksalsschlag.

Ich bemühte mich um Contenance. Ich durfte Jos Glück nicht im Wege stehen. Ganz klar. Da hatte ein Mann meine Nummer auf dem Schreibtisch liegen und sich stattdessen die Mühe gemacht, Jos Privatnummer, die über Auskunft gar nicht zu kriegen ist, herauszufinden.

Ich fühlte mich unschön an unsere Jugendzeit erinnert. Wer war in unseren Philosophielehrer verliebt gewesen? Ich. Wer hatte mit unserem Philosophielehrer geschlafen? Jo!

Aber das Schlimmste war die Sache mit Jörg gewesen. Ich hatte diesen Jungen angebetet. Ich war dreizehn, er siebzehn und nur zwei Klassen über mir, weil er zweimal sitzengeblieben war. Irgendwann rief er mich an – mein Vater war zum Glück nicht zu Hause – und fragte, ob wir uns nicht kurz treffen könnten. Ich schwebte zum Treffpunkt, sah freudig meiner Entjungferung entgegen, und was tat Jörg? Jörg überreichte mir einen Brief mit der Bitte, ihn an Jo weiterzuleiten.

Was besonders demütigend gewesen war: Jo hatte überhaupt kein Interesse an Jörg. Das empfand ich als die schlimmste Kränkung, dass Jo es sich erlauben konnte, einen Jungen abzuweisen, den ich nicht haben konnte.

Die Zeiten hatten sich nicht geändert. Wie hatte ich nur annehmen können, ein Mann, der mich neben meiner strahlend schönen, blonden Johanna gesehen hatte, könne sich von ihr unbeeindruckt zeigen und sich für mich interessieren? Bitter. Katastrophe. Glasklare Niederlage. Ich hatte nicht nur gegen Ute Koszlowski, nein, ich hatte gegen meine beste Freundin verloren.

Kann eine Frau mit so einer Schande weiterleben?

Ich denke, nein.

Ich rang um Fassung.

«Bist du zu Hause? Ja? Dann spiel mir doch mal die Nachricht vor.» Igitt. Wie klein ich war. Wie masochistisch veranlagt. Streute mir selbst Salz in die Wunde. Aber ich wollte nicht, dass Jo Verdacht schöpfte. Meine Zukunft war soeben in sich zusammengefallen, jetzt musste ich Größe zeigen und meiner Freundin mein zerbrochenes Glück in die Hände legen.

«Augenblick.» Ich hörte, wie Jo ihr Band zurückspulte. «Jetzt kommt's.»

«Guten Tag. Sie haben die richtige Nummer, aber den falschen Zeitpunkt gewählt. Bitte hinterlassen Sie eine Nachricht nach dem Signalton. Peep.»

«Ja, äh, guten Abend. Daniel Hofmann hier. Ich würde gerne Ihre guten Seiten kennenlernen. Rufen Sie mich an, wenn Sie tatsächlich welche haben. Meine Nummer ist 32 06 75.»

Was? Wie? Wieso? Gute Seiten? Das habe ich doch? Das ist doch? Wie kann das? Hä?

«Was sagst du, Cora? Woher hat der Kerl überhaupt meine Nummer?»

Ja, woher? Und wieso überhaupt? Und ...? In diesem Moment begriff ich. Und brach in hysterisches Freudengeheul aus.

«Hast du noch alle beisammen? Cora? Kannst du mir mal erklären, was hier los ist?»

Als ich nach etlichen Minuten mädchenhaftestem Gekreische wieder in der Lage war, mich zivilisiert mitzuteilen, berichtete ich Jo von meiner Begegnung mit Dr. Daniel Hofmann. Von meiner Demütigung. Von meiner Beinverkürzung. Von meiner Heldentat. Und dass ich in meiner Aufregung nicht meine, sondern Jos Nummer auf das Rezept geschrieben hatte.

Eine verzeihliche Fehlleistung, wie ich finde. Schließlich rufe ich mich selbst nie an. Und Jos Nummer wähle ich ungefähr fünfmal am Tag und könnte sie ohne Zögern aufsagen, selbst wenn ich gerade in den Presswehen läge.

Ja! Ja! Jaaa! Der Sieg war mein. Ute Carmen Koszlowski, mach dich auf was gefasst! Cora Hübsch hat gerade ihren ersten Schritt zur Selbstverwirklichung getan!

Ich verabredete mich für den Abend mit Jo, um die weitere Vorgehensweise zu besprechen. Ab jetzt musste jede Maßnahme sorgfältig geplant werden.

18:17

Befinde mich in einer Phase akuter und schmerzhafter Verliebtheit. Darf mich auf keinen Fall gehenlassen.

Verliebtsein ist Marketing. Wenn du irgendwann geliebt wirst, dann kannst du so sein, wie du bist. Aber bis dahin musst du bestimmte Spielregeln einhalten, um dich für die zweite Runde zu qualifizieren.

Und eine dieser Spielregeln lautet ganz klar: Nach dem ersten Sex rufst du ihn nicht an. Nie. Unter keinen Umständen. Und zu dieser Regel gibt es keine Ausnahme.

Männer sind binär strukturierte Wesen. Das macht es einfach, mit ihnen umzugehen. Vorausgesetzt, man behält einen klaren Kopf.

Wichtig ist, Folgendes zu bedenken:

a) Für den Mann ist der erste Sex mit einer Frau wie ein Geschenk. Ein Geschenk von ihr. Deswegen bedanken sich etliche Männer nach dem Sex.

b) Aus a) folgt zwingend, dass der Mann findet, er sei jetzt an der Reihe. Er gibt zurück, indem er anruft, Rosen schickt, unangemeldet vor der Tür steht. (Gute Güte! Hoffentlich kommt Daniel nicht auf die Idee, mich spontan heimzusuchen. Muss für diesen Fall Vorbereitungen treffen! Muss sofort Badewasser einlassen und mein Epiliergerät aufladen!)

Ein Mann fühlt sich seiner Männlichkeit beraubt, wenn eine Frau ihm zuvorkommt. Die Stunden oder Tage, die zwischen dem ersten Sex und seinem nächsten Anruf liegen, sind die einzige Zeit, in der das Männchen Herr der Lage ist.

c) Erschwerend kommt hinzu: Nach dem ersten Sex wissen Frauen meist genau, was sie wollen. Alles oder nichts. Um ehrlich zu sein, wissen sie es bereits nach dem ersten Kuss. Aber manchmal kommt man aus der Nummer einfach nicht mehr raus. Männer empfinden Freiheit als einen Wert an sich, den einsamen Wolf als Ideal vom Mannsein. Deswegen brauchen sie mehr Zeit, sich zu entscheiden.

18:19

Huh! Gleich halb sieben! Verdammt nochmal, wie viel ist mehr Zeit? Werde Big Jim anrufen. Er heißt natürlich nicht wirklich Jim. Er heißt Burkhardt Matz. Jo und ich nennen ihn so, seit er uns anvertraute – er hatte Liebeskummer und ungefähr eine halbe Flasche Pernod getrunken –, dass er als Kind im Werkunterricht für seine ‹Big Jim›-Puppe eine Badehose gehäkelt hat.

Big Jim ist in vielerlei Hinsicht ein untypischer Mann. Er schreibt zum Beispiel gerne Briefe. Seine Briefe sind die einzigen, die ich aufbewahre. Sie sind wunderschön. Es ist zwar so, dass in seinem Leben nicht sehr viel passiert – er ist seit drei Jahren Single und schreibt, glaube ich, in etwa ebenso lange an seiner Magisterarbeit –, aber das, was nicht passiert, kleidet Big Jim in sehr ergreifende Worte. Er verliebt sich häufig und erzählt mir dann am Telefon so rührende Dinge wie: «Ach, Cora, du solltest sehen, mit welch einer Anmut sie ihr Haar in den Nacken schiebt.»

Oder: «Wenn sie liest, bildet sich auf ihrer Stirn, zwischen den Augen, eine kleine Falte. Dann sieht sie so ernst aus, dass ich sie leicht rütteln möchte, um sie ans Lächeln zu erinnern.»

Manchmal frage ich mich, ob es wohl jemanden gibt, der mich genauso aufmerksam und liebevoll betrachtet. Ohne dass ich davon weiß? Ist irgendjemand da draußen verzaubert von der Art, wie ich mir manchmal mit den Fingerknöcheln über den Hals streiche? Das tue ich nämlich. Zu Anfang habe ich es bewusst getan, weil ich mal gelesen habe, dass man damit einem Doppelkinn vorbeugen kann. Jetzt tue ich es, ohne darüber nachzudenken.

Gibt es jemanden, der heimlich vergeht, wenn er sieht, wie ich mittags in der Kantine Spätzle mit Soße esse? Ich glaube, dass ich dabei nämlich sehr zufrieden aussehe.

Gibt es einen, der sich aus der Ferne in mich verliebt, wenn er mich lachen hört? Ich lache ziemlich laut. Und weil ich sowieso einen breiten Mund habe, wird der dann noch breiter und spaltet mein Gesicht in zwei Hälften.

Big Jim und ich haben eine eigenartige Beziehung. Wir sind nicht verliebt ineinander, aber wir sehen es auch nicht wirklich gerne, wenn der andere sich verliebt. Wir haben dann Angst, alleine zu bleiben. Weil, Single zu sein ist gar nicht so übel, wenn man andere Singles zu Freunden hat, mit denen man darüber fachsimpeln, jammern oder jubeln kann. Jeder, der diesen trauten Kreis von Alleinstehenden verlässt, macht die Übriggebliebenen nervös. Denn irgendwann ist man vielleicht alleine übrig geblieben. Und das macht dann wirklich keinen Spaß mehr.

18:20

«Matz?»

«Sag mal, Big Jim, wie lange lässt du die Mädels warten?»

«Hä? Cora? Wo bist du? Was ist los? Was ist das für ein Rauschen in der Leitung?»

«Ich liege in der Wanne, nehme ein Entspannungsbad und lasse gerade heißes Wasser nachlaufen. Hör zu, ich muss die Wahrheit wissen. Wenn du Sex mit einer Frau hattest, wie lange wartest du, bis du sie das nächste Mal anrufst?»

«Wenn ich jemals wieder Sex mit einer Frau haben sollte, werde ich sie noch in derselben Nacht fragen, ob sie mich heiraten will.»

«Sag doch mal im Ernst.»

«Gutaussehend? Blond? Vollbusig?»

«Mach keine blöden Scherze.»

«Okay. Mmmm. Also beim letzten Mal, das weiß ich noch genau, habe ich ihr am nächsten Abend einen Strauß Rosen gebracht. Außerdem hatte ich einen Picknickkorb dabei, um sie spontan in den Park zu entführen.»

«Und?»

«Ach weißt du, ich glaube, sie fühlte sich etwas überrumpelt.»

«Das kann ich mir vorstellen. Wahrscheinlich hatte sie gerade eine Gesichtsmaske aufgetragen.»

«Nein, das nicht. Im Gegenteil, sie sah hinreißend aus. Außerdem hatte sie so eine reizende Art, sich am Ohrläppchen zu zupfen, wenn sie nervös wurde. Sie schob sich dann ihr Haar in den Nacken, und ...»

«... und, was wurde nun aus euch und eurem Picknick?»

«Weder aus uns noch aus dem Picknick ist etwas geworden. Sie hat mich noch an der Wohnungstür abgewimmelt und gesagt, sie hätte gerade Besuch. Dabei konnte ich den Fernseher hören. Na ja. Ich habe ihr dann noch dreimal auf Band gesprochen. Sie hat nie reagiert.»

«Du Armer. Aber so eine Frau wäre eh nichts für dich gewesen.»

«Ach was. Und was für eine Frau, bitte schön, wäre was für mich? Aber lass uns jetzt nicht mit diesem Kram anfangen. Du willst also wissen, wie lange du noch warten musst?»

«Ja. Nein. Also jetzt mal nur rein theoretisch.»

«Klar.»

«Und, Jim ...»

«Ja?»

«Dieser Typ, also dieser theoretische Typ, der ist nicht so wie du. Verstehst du? Der ist eher so ein typischer Mann.»

«Verstehe. Also ein egozentrischer Mistkerl, karrierebewusst, mit null Einfühlungsvermögen, dem die Frauen scharenweise nachlaufen?»

«Mmmh. So ungefähr.»

«Vielleicht bin ich in dieser Sache nicht ganz der richtige Ratgeber. Aber warte mal. Klaus und Hannes sind gerade bei mir. Nimm du dein Entspannungsbad. Ich werde das Thema mit den beiden erörtern. Schalt dein Fax ein. Wir schicken dir gleich ein Statement von zwei bis drei erfahrenen Männern nach Hause. Hast du Lust, später noch mit in die Max-Bar zu kommen?»

«Äh, nun ja, ich hab wahrscheinlich noch was vor. Aber wenn nicht, dann kann ich ja nochmal ...»

«Verstehe, verstehe. Ruf mich an, wenn er sich nicht meldet.» Er kichert, der Idiot, und im Hintergrund prosten ihm seine versoffenen Kumpels zu.

«Blödmann. Ich leide.»

«Natürlich. Alles klar. Du leidest, weil du leiden willst. Wenn du nicht unglücklich sein kannst, bist du nicht glücklich.»

«Wie? Was? Was willst du damit sagen?»

«Ach nichts. Vergiss es. Ich verspreche dir, wenn wir jemals Sex haben, werde ich dich gleich am nächsten Tag anrufen. Bleib so, wie du bist.»

«Ich will aber nicht so bleiben, wie ich bin!»

«Eben.»

Aufgelegt. Sackgesicht. Das ist mal wieder total typisch. Männer können die vielschichtige weibliche Charakterstruktur einfach nicht begreifen. Noch nicht mal einer wie Big Jim. Ich bin reflektiert und verschließe meine Augen vor Problemen nicht. Schon gelte ich als launische Zicke.

Sascha zum Beispiel. Der kam grundsätzlich mindestens eine halbe Stunde zu spät zu unseren Verabredungen. Als ich ihn, wie ich fand, freundlich, aber bestimmt darauf ansprach, hieß es gleich, ich solle doch jetzt kein Problem daraus machen.

Was heißt denn kein Problem daraus machen! Es ist ein Problem, wenn man von 20 Uhr bis 20 Uhr 45 nur mit Strapsen bekleidet in der Wohnung rumlungert und der Sekt in den Gläsern allmählich seine Kohlensäure verliert, bis er aussieht wie eine Urinprobe. Das macht doch keinen Spaß! Da wird man doch mal was sagen dürfen!

Ach, ich reg mich schon wieder auf. Von wegen Entspannungsbad. Bin außerdem schon viel zu lange in der Wanne, meine Haut ist so schrumpelig, wie sie es in zwanzig Jahren auch ohne Einweichen sein wird.

Beim nächsten Mal überließ ich nichts dem Zufall. Ich hatte Dr. Daniel Hofmann zwei Tage lang zappeln lassen – das heißt, ich hoffte, dass er in dieser Zeit zappeln würde –, ehe ich ihn zurückrief. Den Zeitpunkt meines Anrufes hatte ich strategisch perfekt gewählt: Donnerstag um 20 Uhr 18.

Die Uhrzeit erweckt, nach meiner Berechnung, folgenden Eindruck:

1. Cora Hübsch ist eine an Weltgeschehen und Politik interessierte Frau. Die Tagesaktualität ist ihr Steckenpferd. Sie hält sich auf dem Laufenden und hat sicherlich interessante Ansichten über den Euro und seine Auswirkungen auf das Gefüge der europäischen Staatengemeinschaft.

Nichts kann Cora Hübsch davon abhalten, um 20 Uhr die ‹Tagesschau› zu sehen. Wahrscheinlich geht sie zwischen 20 und 20 Uhr 15 nicht ans Telefon.

2. Cora Hübsch hat kein Interesse an seichter Ablenkung und oberflächlicher Unterhaltung. Sie verbringt ihre Abende, wenn sie denn mal zu Hause ist, mit dem intensiven Studium anspruchsvoller Literatur.

‹In the Line of Fire› mit Clint Eastwood, ‹Sylvia – Eine Klasse für sich› mit Uschi Glas, ‹Meine Tochter ist der Sohn meiner toten Mutter› auf SAT1 – banale TV-Spektakel ohne Cora Hübsch. Wahrscheinlich hat sie nicht einmal eine Programmzeitschrift.

3. Cora Hübsch ist eine souveräne Frau. Sie ruft an einem Donnerstag an. Andere Frauen würden fürchten, dass das so aussehen würde, als hätten sie am Wochenende noch nichts vor. Cora Hübsch hat höchstwahrscheinlich am Wochenende sehr viel vor. Und wenn nicht, ist es einer selbstbewussten Frau wie ihr egal.

Um 20 Uhr 18 war ich bestens vorbereitet. Natürlich hatte ich auch an eine angemessene Hintergrundbeschallung gedacht. Jo hatte die neue CD von Van Morrison vorgeschlagen. Fast alle Männer lieben Van Morrison. «Er singt, wie wir fühlen», hatte mal ein Ex-Freund von Jo erklärt. «Ach was», hatte sie daraufhin ehrlich überrascht geantwortet, «ich dachte, Van Morrison macht anspruchsvolle Musik?»

Ich hatte mich gegen Van Morrison und für den Deutschlandfunk entschieden. Ich musste schließlich nicht nur einen Akademiker beeindrucken, sondern gleichzeitig eine rothaarige Konkurrentin aus dem Feld stechen. Ute Koszlowski mochte schön sein. Sie mochte Kleidergröße 38 tragen. Mochte sie doch bei RTL so viele Oberschwestern spielen, wie sie wollte!

Ich würde Dr. med. Daniel Hofmann durch meine Intellektualität gewinnen.

20 Uhr 18. Im Deutschlandfunk lief gerade ein Wortbeitrag zum Thema ‹Die Dichtung Heinrich Heines›.

Meine Zeit war gekommen.

«Hofmann?»

«Hallo? Hier ist Cora Hübsch.»

«Wie hübsch.»

Ach nee. Also wirklich. Den Scherz hatte ich in meinem Leben ein paarmal zu oft gehört.

«Den Scherz habe ich in meinem Leben schon ziemlich oft gehört», sagte ich. Cool.

«Nun ja. Bietet sich an. Hören Sie die Musik da bei Ihnen freiwillig?»

Was? Wie? Verdammter Mist. Wer kann denn ahnen, dass die beim Deutschlandfunk ihre anspruchsvollen Sendungen mit Gesangseinlagen von kurdischen Freiheitskämpfern unterbrechen?

«Oh! Nein. Das ist Radio. Ich mach mal leiser. Wie geht es Ihnen? Was machen Sie gerade?» Das hatte ich mir vorher überlegt.

Interessiert. Persönlich. Locker.

«Ich schaue gerade ‹In the Line of Fire›. Guter Film. Mit Clint Eastwood. Kennen Sie den?»

Ups.

«Nein. Ich schaue eigentlich selten Fernsehen.»

Überlegen. Intellektuell. Lässig.

«Ach? Ich liebe Fernsehen. Ich esse sogar vorm Fernseher.»

Ups. Genau wie ich, aber jetzt nicht vom Kurs abbringen lassen.

«Das ist ungesund. Man soll immer nur eine Sache tun

und sich völlig darauf konzentrieren. Face your food – diese Regel habe ich von einem indischen Weisen gelernt.»

Gebildet. Überlegen. Weise. International.

«Ich weiß. Das letzte Mal, als ich mich aufs Essen konzentrieren wollte, wurde ich über den Haufen gerannt.»

Was sollte ich dazu sagen? Lieber Gott! Bis vor drei Minuten war ich eine für ihre Schlagfertigkeit anerkannte Frau gewesen! Wo war mein Temperament geblieben? Wo meine Phantasie? Wo mein deutscher Wortschatz?

«Ich weiß und möchte das wiedergutmachen. Darf ich Sie zu einem Essen einladen? Mit dem Versprechen, dass Sie den Abend unverletzt hinter sich bringen werden?»

Ahh! Das war gut. Humorvoll. Selbstironisch.

«Gern. Wann haben Sie Zeit?»

Das war nun der entscheidende Augenblick. Wann hatte ich Zeit? Darüber hatte ich mir selbstverständlich bereits Gedanken gemacht. Heute war Donnerstag. Das Wochenende war natürlich tabu. Ich würde ihm den kommenden Mittwoch vorschlagen. Ein guter Tag. Ein lässiger, emanzipierter Termin. Ich hörte mich sagen: «Wie wär's mit morgen Abend?»

Hatte ich das wirklich ausgesprochen? Was war in mich gefahren? Meine Worte hingen schwer und bedrohlich in der Luft.

«Tut mir leid. Am Wochenende geht's nicht. Wie wär's mit Mittwoch kommender Woche?»

Shit. Shit. Shit.

«Mittwoch? Augenblick.» Ich blätterte vielsagend in der Programmzeitschrift.

«Mittwoch ginge. Allerdings erst so gegen neun.»

Gut. Hatte mit einem eleganten Schlenker meine Würde zurückerobert.

«In Ordnung. Wohin wollen Sie mich ausführen?»

Darüber hatte ich selbstverständlich bereits lange nachgedacht.

«Ich werde einen Tisch im ‹Uno› reservieren. Kennen Sie das?»

Ich finde, mit einem Italiener der gehobenen Mittelklasse kann man nichts falsch machen. Ich war einmal mit Jo im ‹Uno› gewesen. Lässige Leute. Gutes Essen. Und Kellner, an deren Arroganz man gleich merkt, dass man sich in einem angesagten Szene-Laden befindet.

«Kenne ich. Um neun?»

«Um neun.»

«Schön. Ich bin gespannt auf Ihre guten Seiten.»

«Ich auch. Bis dahin.» Ich legte auf und wusste, dass ich eine harte Woche vor mir hatte.

18:23

Allmächtiger! Sind das Schmerzen! Was soll das blöde Gerede? Männer sollen froh sein, dass sie weder ihre Tage noch Kinder bekommen müssen.

Männer sollen froh sein, dass sie sich nicht die Beine epilieren müssen! Ich habe noch kein Kind auf die Welt gebracht – aber ich bin sicher, dass ich das mit links hinkriegen werde. Schließlich überstehe ich alle vier Wochen eine Beinenthaarung.

Urgh. Diese Schmerzen! Davon macht man sich ja keinen

Begriff. Das Gerät an sich sieht harmlos aus und ist in etwa so groß wie eine Tafel Ritter-Sport-Trauben-Nuss.

Ich habe es vor einem Jahr gekauft. Der Verkäufer zeigte mir eine Reihe von Epiliergeräten. Der Mann trug ein Toupet und war auch ansonsten irgendwie verklemmt.

«Dieses hier», sagte er und hob eine o. b.-blaue Verpackung hoch, «ist ganz neu auf dem Markt. Damit können Sie nicht nur die Haare an den Beinen entfernen. Es eignet sich auch für die Epilation der Achseln und der Bikinizone.» Dabei wurde er so rosarot im Gesicht, als hätte er etwas Unanständiges gesagt.

Bikinizone? Woran denkt der denn? Reicht bei seiner Frau etwa die Bikinizone bis zu den Kniescheiben?

«Dieses neuartige Gerät ist mit einem Super-Sanft-System ausgestattet. Es verursacht kaum unangenehme Gefühle und ist insofern auch für, äh, sensiblere Hautpartien durchaus, äh, vorgesehen.»

Meine Güte, der arme Mann. Er wand sich, als hätte ich von ihm verlangt, mir die Vorzüge von noppenbeschichteten Dildos zu erklären. Ich kaufte das Super-Sanft-Ding, sechs Wochen Rückgabegarantie, und ließ den beschämten Toupetträger hinter mir.

Zu Hause studierte ich erst mal aufmerksam die Gebrauchsanweisung. Das mache ich normalerweise nicht, wenn ich mir ein elektrisches Gerät kaufe. Das ist der Grund, warum ich bis heute noch nicht mit meinem Videorecorder aufnehmen kann. Ich kenne allerdings niemanden, der das kann. Diesmal allerdings, wo es um meinen Körper, meine Haare, meine Schönheit ging, nahm ich mir viel Zeit dafür.

«Während der Epilation entspannt das Super-Sanft-System Ihre Haut wie durch eine Massage. Das Zupfgefühl der Epilation wird unterdrückt (Abb. 1). Dadurch ist die Epilation kaum spürbar. Nach der ersten Anwendung des Gerätes können Sie ein leichtes Unbehagen empfinden, weil die Haare an der Haarwurzel entfernt werden. Das geht nach wenigen Anwendungen vorüber.»

Wenn die Gebrauchsanweisungen für Videorecorder genauso schlampig geschrieben sind, wundert es mich nicht, warum ich niemanden kenne, der mit seinem Videorecorder aufnehmen kann.

‹Leichtes Unbehagen› – dass ich nicht lache. Genauso könnte man sagen, die Entfernung eines Blinddarms ohne

Narkose würde bloß ein wenig ziepen. Dennoch empfand ich meine erste Epilation als eine Art Erwachsenwerden. Ähnlich dem Tag, an dem ich zum ersten Mal eine Putzfrau für meine Wohnung engagierte.

Das sind die geheimen Initiationsriten im Leben einer heranwachsenden Frau: Menstruation. Geschlechtsverkehr. Sich im Restaurant über das Essen beschweren. Putzfrau anheuern. Erstmaliges Überziehen des Dispokredits. Beinenthaarung. Geburt. Mit einem fünfzehn Jahre jüngeren Mann schlafen. Mit zwei fünfzehn Jahre jüngeren Männern gleichzeitig schlafen. Scheidung.

Aber ich schwöre bei Gott: Keine Scheidung kann so wehtun wie eine gründliche Epilation. Nicht mal eine Scheidung nach dem Super-Sanft-System.

18:28

Willkommene Unterbrechung der Epilation. Faxgerät rattert im Arbeitszimmer. Mal sehen, was sich Big Jim und seine Saufkumpane zu meinem Problem haben einfallen lassen.

Das Fax erbricht ein krakelig beschriebenes Stück Papier. Woran liegt es eigentlich, dass kein Mann, den ich kenne, eine ordentliche Handschrift hat? Die meisten können sich schon innerhalb eines einzigen Wortes nicht entscheiden, ob sie es jetzt in Schreibschrift oder in Druckbuchstaben zu Papier bringen wollen. Hinzu kommt, dass auch der Inhalt männlicher Briefe meist unterentwickelt ist.

Ich habe von Männern in meinem Leben drei handgeschriebene Faxe bekommen. Zwei davon konnte ich nicht entziffern. In dem dritten stand: «Hallo Cora! Habe meine Euro-Schecks vergessen. Sind in meinem schwarzen Blouson. Bitte um Nachsendung unter obiger Adresse.»

Das war nicht nur beleidigend unpersönlich, sondern auch grammatikalisch missverständlich ausgedrückt. Ich habe dem Absender den schwarzen Blouson geschickt, nicht ohne vorher die Taschen zu entleeren.

Hier die Zeilen von meinem Freund Big Jim:

Hallo allerliebstes Coralein!

Wir haben lange über deine Frage diskutiert. Hier die ultimative Antwort:

Normalerweise ruft ein Mann eine Frau, mit der er zum ersten Mal Sex gehabt hat, drei Tage später an. Im Regelfall am Abend. Ruft er sie vorher an, ist er eine Memme oder uneingestandener Homosexueller, der nach einem Muttersatz sucht.

Spätestens ruft er sie an dem auf den Geschlechtsverkehr folgenden Wochenende an. In dem Fall, dass der intime Kontakt an einem Freitag, Samstag oder Sonntag stattgefunden hat, kann er sich auch bis zum nächsten Freitag oder Samstag Zeit lassen.

Wenn zwischen dem Sex und dem nicht erfolgten Anruf

a) ein Wochenende

oder

b) drei Wochentage liegen,

dann kannst du

a) die Sache vergessen und dir einen Neuen suchen

oder

b) ihn anrufen.

Wenn du ihn anrufst, hast du zwei mögliche Zielsetzungen:

1.) Ihn doch noch für dich zu gewinnen. Die Erfolgsquote liegt bei 0,5 Prozent. Er wird dir von seinem vollen Terminkalender vor-

quatschen und sagen, dass er in den nächsten dreieinhalb Jahren leider sehr wenig Zeit hat. Lass es also, es lohnt den Aufwand nicht, und du fühlst dich nachher total beschissen. Du fühlst dich zwar sowieso total beschissen, aber hier geht es um Nuancen.

2.) Du rufst ihn an, um ihm zu sagen, was für ein blödes Arschloch er ist, und um deinen Ärger loszuwerden. Die Erfolgsquote liegt bei 98 Prozent. Du machst deinem Frust Luft und entlastest deinen Freundeskreis, der sich die nächsten acht Wochen keine ‹Hätte ich ihm doch bloß gesagt, dass ...›-Geschichten anhören muss. Der Typ fühlt sich ein bisschen schlecht. Mindestens drei, höchstens vier Minuten lang.

So weit, so gut, liebes Cora-Schätzchen. Wir wünschen dir noch eine angenehme Wartezeit. Sind noch bis ungefähr 23 Uhr 45 Uhr zu Hause, dann gehen wir auf die Piste. Guter Rat: Komm mit! Dann vergeht die Zeit wie im Fluge!

Kennst du eigentlich meinen Freund Klaus? Wenn nicht, wird's aber Zeit! Sind zusammen beim Zivildienst im Altenheim gewesen. Er lässt dich herzlich unbekannterweise grüßen und ausrichten, dass er gerne die Frau kennenlernen würde, die sich derart aufregen kann, während sie im Entspannungsbad liegt.

Good luck, girl!

Dein Big Jim

PS: Klaus ist übrigens seit sechs Wochen frisch getrennt und sehr bedürftig. Schätze, du hättest Chancen bei ihm.

18:31

Totale Frechheit. Als hätte ich nur bei Bedürftigen Chancen. Immerhin erwarte ich den Anruf eines Arztes. Ich rechnete nach. Drei Tage? Sex war am Mittwoch. Heute ist Samstag. Und gleichzeitig Wochenende. Das heißt, wenn er sich heute nicht meldet, habe ich verloren.

18:32

Bin sehr nervös. Und sehr deprimiert. Werde jetzt mit der Epilation fortfahren, um mich durch den äußeren Schmerz von meinem inneren Schmerz abzulenken.

18:34

Telefon!

18:35

War nur Theresa. Meine Putzfrau. Wollte mir mitteilen, dass sie schwanger ist und nach Polen zurückgeht. Meinen Haustürschlüssel schmeißt sie mir morgen in den Briefkasten.

Ob ich den Schlüssel mit meinem selbstklebenden Kochlöffel da rauskriege? Ungerechte Welt. Will auch schwanger sein. Will aber nicht nach Polen.

Muss leider wieder an Sascha denken. Immerhin habe ich in den fünfzehn Monaten, die wir zusammen waren, mindestens dreimal gedacht, ich sei schwanger. Kann mich noch gut an meine Panik erinnern und dass ich durch die regelmäßigen Einkäufe von Schwangerschaftstests, Schrundencreme und entspannenden Badezusätzen ein geradezu freundschaftliches Verhältnis zu meiner Apothekerin aufbaute.

In der Zeit mit Sascha habe ich einige interessante und, wie ich fürchte, absolut typische männliche Eigenschaften kennengelernt. Denn Sascha ist, obschon außerordentlich klug, in vielen wesentlichen Teilen ein typischer Mann.

Es ist zum Beispiel so, und ich gehe jede Wette ein, dass sich diese Beobachtung verallgemeinern lässt, dass Sascha niemals rannte. Ich fange an, um mein Leben zu laufen, wenn ich einen Feldweg überquere und in fünf Kilometern Entfernung einen Traktor herannahen sehe. Ich brauche grundsätzlich sehr lange, bevor ich mich entscheide, die Straßenseite zu wechseln. Und vor jedem Überholmanöver auf einer Landstraße würde ich mir am liebsten Mut antrinken.

Sascha hingegen latschte in provozierender Seelenruhe über vollbefahrene, vierspurige Ausfallstraßen. Ich glaube, Männer würden sich lieber überfahren lassen, lieber den Bus verpassen, lieber aus der Ferne mitansehen, wie gerade ihr Auto abgeschleppt wird, als sich dazu herabzulassen, ihren Schritt in unwürdiger Weise zu beschleunigen. Es ist sehr eigentümlich.

Ebenso erwähnenswert ist die Tatsache, dass Sascha in Anwesenheit von seinen Kumpels Max und Friedhelm zum Raubein mutierte. Es ist so, dass ein Mann unter seinesgleichen zum Männchen wird. Und dann wird er nur ungern durch seine Freundin daran erinnert, dass er noch am Tag zuvor ein anschmiegsamer Puschel war, der sich auf dem Sofa den Bauch kraulen und sich ‹Spatzi› nennen ließ, sich zum dritten Mal ‹Schweinchen Babe› auf Video angeschaut hat und ebenso zum dritten Mal ganz plötzlich was im Auge hatte an der Stelle, wo das Schweinchen krank ist und der Bauer für seinen kleinen Liebling im Wohnzimmer tanzt.

Ich meine, ich mag das irgendwie. Es ist niedlich. Als Frau ist man immer die einzige Zeugin seiner rührendsten Eigenschaften und kann Drohungen ausstoßen wie: «Wenn du heute nicht mit mir ‹Harry und Sally› guckst, dann sage ich deinem besten Freund, dass du mich manchmal Mausebäckchen nennst.»

Auf mein erstes Treffen mit Dr. med. Daniel Hofmann war ich perfekt vorbereitet. Ich betrat das Restaurant, als wäre ich Madonna, die dort mit einem Journalisten von ‹Vanity Fair› verabredet ist.

Leider war Dr. med. Daniel Hofmann noch nicht da, um meinen Auftritt würdigen zu können. Mist. Dabei war ich extra zehn Minuten zu spät. Nun konnte ich wohl schlecht meinen bodenlangen Lackledermantel, mit dem ich bei Dr. Hofmann Aufsehen erregen wollte, anlassen. Wehmütig sah ich ihm nach, als ihn der Ober zur Garderobe schleppte.

Ich hatte um einen intimen Tisch an einem der hinteren Fenster gebeten. Und einen kleinen Tisch ganz vorne am Eingang bekommen. Da, wo man Frostbeulen an den Waden bekommt, sobald die Tür aufgeht. So ist das Personal in In-Läden. Wenn sie deinen Namen nicht aus der Zeitung kennen, behandeln sie dich, als wolltest du in ihren Räumlichkeiten Feuerzeuge aus Taiwan verkaufen.

Gerade, als ich mich missmutig niederlassen wollte, trat Dr. med. Daniel Hofmann ein. Bevor er mich begrüßte, begrüßte er den Besitzer des Restaurants.

«Salvatore! Come sta?»

«Bene, bene. Grazie, Dottore! Ihre Tisch ist selbstverrrständlich frrrai.»

«Danke. Ich bin hier verabredet. Die Dame wartet schon.»

Er nickte in meine Richtung. Salvatore eilte auf mich zu. Ich versuchte, unbeteiligt zu gucken.

«Signora! Verrzaiung! Warrum aben Sie denn nichtse gesagte? Kommen Sie bitte. Kommen Sie irr entlang zu diese Tische.»

Er führte uns zu einem intimen Tisch an einem der hinteren Fenster. Mit einer Serviette wedelte er nicht vorhandene Krümel von der Tischdecke und entfernte gleichzeitig diskret das Schild mit der Aufschrift ‹Riservato›.

«Grazie, Salvatore», sagte ich gönnerhaft. Ich musste mein Gesicht wahren.

Dr. Hofmann sah umwerfend aus. Ich sah auch umwerfend aus. Ich hatte die letzten Tage so gut wie nichts gegessen. Aus zwei Gründen:

1.) Ich wollte an diesem wichtigen Abend Hunger haben. Wenn ich eins gelernt habe, dann ist es, dass Männer Frauen mögen, die richtig zulangen. Das zeugt von Sinnlichkeit und Genussfreude. Wichtig ist natürlich, dass die Frau, obwohl sie gerne isst, dennoch schlank ist. Sonst wirkt sie undiszipliniert.

2.) Ich wollte mein enges schwarzes Kleid tragen. Und da

sieht man nun wirklich jede Rundung. Als ich es das letzte Mal auf einer Betriebsfeier anhatte, wurde ich von mindestens vier Kolleginnen gefragt, ob ich ‹in anderen Umständen› sei. Sogar mein Chef wurde misstrauisch und ließ mich am nächsten Tag in sein Büro kommen, um mich zu fragen, wie lange ich denn in Mutterschutz gehen wollte. Diese Peinlichkeit wollte ich mir ein zweites Mal ersparen.

Mein Bauch war herrlich flach. Und dank einer ordentlichen Portion Maloxan hatte er auch aufgehört zu knurren. Brüste hatte ich zu diesem Anlass selbstverständlich angezogen. Und meine ‹Wonder-Po›-Strumpfhose. Die heißt wirklich so. ‹Wonder-Po, sexy lifting›. In der habe ich, wie Big Jim immer anerkennend sagt, einen ‹rattenscharfen Steiß›.

Ja, ich war gut vorbereitet. Hatte sogar einige Karteikarten mit möglichen Gesprächsthemen beschrieben und dezent in meiner Handtasche versteckt. Sollte die Unterhaltung versiegen, konnte ich unauffällig nach meinem Lippenstift kramen und dann mit einem neuen, anregenden Thema aufwarten:

«Neues Theaterstück über das Leben von Heiner Müller»,

«Diskutabler Leitartikel in der ‹Zeit› über die Außenministerkonferenz»,

«Gesundheitsreform»,

«Sterbehilfe».

Oder, mehr so aus dem persönlichen Bereich:

«Geschwisterkonstellation»,

«Der Arzt zwischen Mensch und Maschine».

Natürlich hatte ich mir zu all diesen Schwerpunktbereichen mit Hilfe von Big Jim auch interessante Meinungen besorgt. Jim hatte allerdings zum Schluss noch gemeint, ich solle einfach so sein, wie ich immer bin. Dass ich nicht lache. In was für einer Welt lebt dieser Junge eigentlich?

Ich war genau so, wie ich immer bin. Das Blöde an mir ist nämlich, dass ich nichts Besseres zu tun habe, als all die Taktiken, die ich mir zurechtlege, nicht nur nicht anzuwenden, sondern – viel schlimmer noch – auszuplaudern.

Nach zehn Minuten hatte ich Dr. Hofmann bereits von meiner Verabredungstaktik und meiner Diättaktik erzählt und meine sämtlichen Karteikarten auf den Tisch gelegt.

Nach zwanzig Minuten bot er mir das ‹Du› an, nach fünfundvierzig Minuten fragte er mich, ob ich schon mal in Therapie war, und nach einer Stunde hatten wir Folgendes herausgefunden:

- wir leiden beide unter unserem dominanten Vater
- wir lieben Werbung und können etliche Slogans auswendig.

Ich sang ihm meinen Lieblingsspot vor: «I like those Crunchips gold'n brown. Spicy and tasty and crispy in sound! Uuuah! Crunchips! Crunch mit!» (Das wirkt gesungen natürlich viel beeindruckender.)

Daniel konterte mit dem genialen Dialog: «Sag mal, isst eine sportliche Frau wie du eigentlich Schokolade?»

«Ja klar, aber leicht muss sie sein. Wie die Yogurette.»

Ha! Ich nahm den Korken der Weinflasche, umschloss ihn mit meinen Fingern und sagte altklug: «o. b. nimmt die Regel da auf, wo sie entsteht. Im Inneren des Körpers.»

Er sagte: «Isch abe garr kein Auto.»

- wir finden beide, dass es ein zwingender Grund ist, den

Fernseher auszuschalten, sobald Charles Bronson, Burt Reynolds, Chuck Norris, Hulk Hogan oder Katja Riemann darin auftauchen

- wir finden beide, dass Isabelle Adjani immer so aussieht, als müsse sie sich gleich übergeben
- wir finden beide, dass Sardellen, Kapern und Rosenkohl so schmecken, wie Isabelle Adjani aussieht
- wir lieben beide Spätvorführungen im Kino
- wir hassen Menschen, die Dinge sagen wie:

«Ich kenn doch meine Pappenheimer.»
«Alles klar auf der Andrea Doria.»
«Jetzt machen wir mal Zahlemann und Söhne.»
«Tschüssikowski.»

Es war ein herrlicher Abend. Viel getrunken. Viel gelacht. Ich muss sagen, dass Daniel für einen Arzt erstaunlich viel Humor bewies.

Die Ärzte, die ich bisher kennengelernt habe, waren immer ganz schrecklich eindimensional. Palaverten endlos über ihr Fachgebiet – wahlweise nässende Ausschläge (Hautarzt. Nicht zu empfehlen für alle, die weiterhin mit gesundem Appetit essen wollen), kleinzellige Bronchialkarzinome (Lungenarzt. Nicht zu empfehlen für alle Raucherinnen) oder Bewusstseinsspaltungen (Psychiater. Sowieso nicht zu empfehlen).

Daniel erzählte sehr lustige Sachen aus seiner schwierigen Kindheit. Die allerdings hauptsächlich für seine Eltern schwierig war. Daniel hatte nämlich nie Lust, seine Hausaufgaben zu machen. Das ist ja noch normal. Aber als er zum achten Mal unentschuldigt mit leerem Heft dastand, erdachte er eine ungewöhnliche Ausrede. Er brach in Tränen aus und sagte seiner Lehrerin, dass sein Vater vor wenigen Wochen gestorben sei. Er sei nun völlig aus dem Gleichgewicht geraten und erhoffe sich Verständnis für seine leidvolle Situation.

Zwei Monate lang wurde er von seiner Lehrerin nicht mehr belästigt. Bis zum nächsten Elternsprechtag. Vater Hofmann, kerngesund und zum ersten Mal dabei, war recht erstaunt, als die Klassenlehrerin erst seine Frau begrüßte und sich dann fragend an ihn wandte: «Und Sie? Sind Sie Frau Hofmanns neuer Lebensgefährte?»

Wir waren am unteren Etikettrand der zweiten Flasche Wein angelangt. Es wurde höchste Zeit, das Gespräch auf erotische Themen zu lenken. Meiner Erfahrung nach wirkt die Erörterung von erotischen Themen erotisierend auf die Gesprächsbeteiligten.

Ich wollte gerade loslegen und eine muntere Anekdote aus meinem Geschlechtsleben erzählen, als Daniel auf die Uhr blickte. Teure Uhr. Aber ganz schlechtes Zeichen! Hatte ich ihn etwa gelangweilt? Ohgohttohgohttohgott! War ich zu weit gegangen?

Hätte ich ihm nichts erzählen sollen von meinem immer wiederkehrenden Albtraum? (Ich gehe an einer Großbaustelle vorbei, und keiner der Bauarbeiter pfeift mir nach.) Hätte ich mein gestörtes Verhältnis zu Ordnung nicht erwähnen sollen? (Ich weiß, dass ich drei Joni-Mitchell-CDs habe, aber ich weiß nicht wo. Ich weiß, dass ich sozialversichert bin, aber ich weiß nicht wo.)

«Ich muss leider so langsam los. Muss morgen früh raus. Ich fahre zu einem Kongress nach Oldenburg.»

Wenn das keine Ausrede war, war es sicherlich ein guter Grund.

«Vielen Dank für den netten Abend», sagte ich und bedeutete gleichzeitig dem Ober, die Rechnung zu bringen. Als kluge Frau muss man wissen, wann man Tatsachen zu akzeptieren hat.

Daniel bestand darauf zu bezahlen. Eigentlich wollte ich das ja tun. Als Wiedergutmachung. Aber so war's mir auch recht. Ich mag Männer, die bezahlen. Das finde ich männlich. Da bin ich klassisch. Ich weiß, dass ich vor vielen Jahren einmal mit einem sagenhaft gutaussehenden Kerl aus war, der sich vom Kellner Block und Stift bringen ließ, um auszurechnen, wer von uns wie viel zu bezahlen hatte. Bis dahin hatte ich noch überlegt, mit ihm ins Bett zu gehen. Aber wahrscheinlich hätte er sich auch die Taxikosten zu mir nach Hause teilen wollen.

Daniel und ich standen auf der Straße und warteten auf die Taxis, die Salvatore für uns bestellt hatte. Wir mussten in unterschiedliche Richtungen.

Was nun? Küssen? Händeschütteln? Auf Wiedersehen. Und das war's?

«Ich komme Sonntag wieder. Hast du Lust, am Montagabend zu mir zu kommen?», sagte Daniel.

Jaaaaaaaaaaaaaa!

Jetzt cool bleiben. Ich sagte erst mal nichts.

«Ich bin ein ganz guter Koch. Und außerdem, das wird dich überzeugen, habe ich sämtliche Miss-Marple-Videos.»

Juhuuuuu! Wir sind füreinander bestimmt.

Ich machte einen auf Diva. Lächelte milde. Sagte nichts. Es ist nämlich wichtig, dass man nicht automatisch antwortet, bloß weil man etwas gefragt wird. Das wurde mir klar, als ich Melanie Griffith in dem Film ‹Wie ein Licht in dunkler Nacht› sah.

Sie ist eine amerikanische Spionin im Haus eines NS-Offiziers. Irgendwann sagt er zu ihr: «Ich weiß, warum Sie hier sind.» Und sie schweigt. Sagt nicht übereifrig was wie «Ich kann Ihnen alles erklären» oder «Die Amis haben mich dazu gezwungen». Sie schweigt. Also redet er weiter: «Ich weiß, dass Hitler Sie geschickt hat, um herauszufinden, ob ich ein treuer Nazi bin.»

Puh. Da ist sie natürlich mächtig erleichtert, dass sie nicht gleich drauflosgequatscht und alles ausgeplaudert hat.

So mache ich das seither auch. Also, natürlich nicht immer. Eigentlich sogar selten. Meistens rede ich. Aber manchmal eben auch nicht. Ich schwieg. Ich lächelte.

«Hier ist meine Adresse.» Daniel schrieb seine Adresse auf die Restaurantrechnung. Was mich freute, weil es ein sicheres Zeichen dafür war, dass er mich nicht von der Steuer absetzen wollte.

«Um acht? Am Montag?»

Ich war im Siegestaumel. Ich hauchte ihm einen prinzessinnenhaften Kuss auf die Wange und sagte keck: «Bist du eigentlich noch zu haben?»

Wir hatten das Thema Partnerschaft im Allgemeinen und Ute Koszlowski im Besonderen an diesem Abend wohlweislich ausgespart.

«Für was?»

Blödmann. Hatte mir den Wind aus den Segeln genommen.

«Für was auch immer.»

«Da fällt mir ein», er nestelte an der Innentasche seines Sakkos herum, «das hier wollte ich dir noch geben.»

Er drückte mir etwas in die Hand, drehte sich um und ging zu dem Taxi, das gerade gekommen war.

«Also dann. Montag um acht», sagte er. Stieg ein. Und war verschwunden.

Ich stand auf der Straße. Betrachtete gerührt den kleinen Stapel Karteikarten in meinen Händen, auf denen sich Dr. med. Daniel Hofmann mögliche Gesprächsthemen für unseren Abend notiert hatte.

Montag. Um acht.

Ich war der glücklichste Mensch der Welt.

18:42

Ich schätze, ich bin der unglücklichste Mensch der Welt. Habe mich gerade auf meinen winzigen Balkon gezwängt, der um diese Jahreszeit genau von 18 Uhr 40 bis 18 Uhr 52 in der Abendsonne liegt. Doch ihre Strahlen können mein fröstelnd Herz nicht wärmen.

Uh! Schlanke Mädchen mit langen Beinen schlendern lachend durch die Straße, um sich mit Jungs zu treffen, die weiße T-Shirts tragen und sich beim Essen ihren Kaugummi auf den Handrücken kleben.

Ich hasse den Sommer. Den Frühling übrigens auch.

Im Herbst und Winter ist es ganz normal, wenn man sich einsam und deprimiert fühlt. Keiner würde einem deswegen Vorwürfe machen. Aber im Sommer! Da muss man fröhlich sein und braun an den Beinen. Aus vorbeifahrenden Cabrios werden arglose Passanten mit Remixen von Modern Talking beschallt oder mit der Single-Hit-Collection von Phil Collins belästigt.

Das bringt mich auf ein interessantes Phänomen: wie sich männliche Fahrgewohnheiten mit den Jahreszeiten verändern.

Wenn's draußen kalt ist, lassen sie ihre Motoren aufheulen und geben Gas wie die Irren. Mit neunzig durch die Straße – die, in der ich wohne, hat übrigens Kopfsteinpflaster, und wenn so eine tiefergelegte Karre drüberbrettert, klingt das, als würde ein Sondereinsatzkommando das Nachbarhaus unter MP-Beschuss nehmen.

Im Sommer lassen sie ihre Autodächer zu Hause, kurbeln ihre Fenster bis zum Anschlag runter, drehen ihre Stereoanlagen mit CD-Wechsler bis zum Anschlag auf und kriechen so langsam vorbei, dass man einen vollständigen und erschreckenden Eindruck von ihrem Musikgeschmack bekommt.

Neulich hörte einer, als er seinen roten, offenen Japaner (ich erkenne bloß BMW, Mercedes, Porsche und VW-Golf – alles andere nenne ich aus Verlegenheit Japaner) in eine Parklücke direkt unter meinem Fenster einparkte, einen Zusammenschnitt sämtlicher Wolfgang-Petry-Singles.

Ich meine, so jemandem müsste man doch die Fahrerlaubnis entziehen und das Wahlrecht. Dann blieb der Typ auch noch in seinem Auto sitzen! Fünf Minuten Wolfgang Petry.

«Du bist ein Wunder, so wie ein Wunder, ein wunder Punkt in meinem Leben.»

Ich war drauf und dran, die Ordnungshüter zu alarmieren.

«Sie hieß Jeheheessica. Einfach Jehehessica.»

Ich linste vorsichtig vom Balkon auf die Straße. Der Kerl im Japaner sah aus wie einer, dessen Freundin Jehehessica heißt.

«Es gilt für dich, mein Leben, wenn ich dich nur haben kann! Dafür steh ich grade, dafür will ich lebenslang.»

Gerade überprüfte er im Rückspiegel den Sitz seines Netz-T-Shirts. Ich konnte erkennen, dass auf seinem Nacken sehr viele, sehr schwarze Haare wuchsen. Bäh. Wahrscheinlich hatte sich der arme Mann noch nie von hinten gesehen. Im Grunde sah er aus wie Wolfgang Petry selbst. Schwarzer Oberlippenbart und eine Jeans, so eng, dass man sie nur als Potenz-Protzerei-Hose bezeichnen konnte.

«Das ist mir scheißegal, ich will dich Stück für Stück in jedem Augenblick.»

Jetzt sprühte er sich eine Ladung Odol-Mundspray in den Rachen. (Ich konnte das von weitem erkennen, benutze es selbst ab und an.)

«Der Mond ist heute voll, und leider bin ich's auch. Heute Nacht will ich zu dir!»

Dann war Ruhe.

Arme Jessica. Wie kann sie sich von einem Mann küssen lassen, der aus dem Fang riecht, wie einer, der was zu verbergen hat, und eine Jeans trägt, die keine Fragen, aber viele Wünsche offenlässt?

Wolfgang Petry stapfte breitbeinig davon, nicht ohne sich alle sieben Meter mit dieser typisch fahrigen «Arsch-essen-Hose-auf»-Bewegung ans Hinterteil zu greifen.

Es ist ebenfalls ein interessantes Phänomen, wie leicht man Unerträgliches lieb gewinnen kann, wenn man nur lang andauernd genug damit konfrontiert wird. Das gilt natürlich nicht für Männer, die sich vor dem Spiegel im Flur die Nasenhaare schneiden, oder für Mütter, die einen einmal in der Woche mit bebender Stimme fragen, ob man endlich jemanden kennengelernt habe.

Als ich zwei Wochen später zu einem Wolfgang-Petry-Konzert ging, hatte ich jedenfalls das Gefühl, einen altvertrauten Freund wiederzusehen. Ich kannte natürlich alle Songtexte auswendig. War nur etwas peinlich, dass mich

meine Kollegin Sonja trotz meiner dunklen Sonnenbrille gleich erkannte und beim Mitsingen erwischte. Sie sagte, sie habe Freikarten bekommen und sei nur dabei, um den soziologisch interessanten Aspekt der Wiederauflebung des deutschen Schlagers zu studieren. Bevor sie ging, fragte sie noch, ob ich mir schon die tolle neue Doppel-CD von Van Morrison gekauft habe.

Am Ausgang traf ich Sonja dann wieder und sah noch, wie sie eilig einen «Wolfgang-Petry-Kaffeebecher» vor mir zu verstecken versuchte.

Es ist schön, auf dem Balkon zu sitzen. Ich sehe winzige Lebensabschnitte und versuche zu erraten, wie wohl der Rest dieses unter mir vorbeimarschierenden Lebens aussieht.

Diese Frau da zum Beispiel. Sieht aus, als hätte sie in ihrem Leben noch keinen Orgasmus gehabt. Trägt ihre Einkaufstüten so verkrampft, als ginge es darum, einige Topsecret-Mikrofilme aus Feindesland zu schmuggeln.

Den Kerl mit dem Schäferhund kenne ich. Ganz üble Sorte. Der sagt zur Kassiererin im Penny-Markt immer «Frollein», zählt sein Wechselgeld demonstrativ nach, während draußen sein angeleinter Köter mindestens zwei Riesenhaufen neben den Fahrradständer kackt.

Ach sieh an. Der Student aus Nummer 13 geht um diese Zeit noch joggen. Sieht recht knackig aus.

Der Typ, der hinter ihm aus dem Haus kommt, trägt, ich kann meinen Augen kaum trauen, eine Männerhandtasche unterm Arm. Das ist nun wirklich das Allerschlimmste.

Männerhandtaschen sehen aus wie Kulturbeutel. Bloß ohne Kultur. Ähnlich grotesk sind Männer, die nur in Begleitung von Regenschirmen, womöglich Knirpsen, ausgehen. Ich finde, und sicherlich stehe ich mit dieser Meinung nicht alleine da, dass Männer unter Schirmen ihre Würde verlieren.

Es ist das Vorrecht von Frauen, sich um ihre Frisur zu sorgen.

Männer dürfen den Regen und die damit einhergehende Entstellung nicht fürchten. Ein Mann mit Schirm ist wie ein Hund mit Maulkorb. Eine armselige Kreatur.

Unter mir schlendert ein Liebespaar entlang. Sie hat ihre Hand in seiner Hosentasche. Ob die beiden verheiratet sind? Nicht dass mir viel daran läge, verheiratet zu sein. Dieser furchtbare Moment, wenn er sie über die Schwelle wuchten muss. Schlimmer Brauch. Aber ich hätte nichts dagegen, gefragt zu werden. Oder, so wie die Babs vom Boris, einen Hochkaräter in meinem Drink zu finden.

Cora Hofmann. Cora Hofmann-Hübsch. Cora Hübsch-Hofmann. Klingt doch gar nicht schlecht.

Ich würde aber selbstverständlich meinen eigenen Namen behalten. Meinen Beruf würde ich eventuell aufgeben. Aber niemals meinen Namen.

Leider beantworte ich mir hier Fragen, die sich gar nicht stellen. Es ist so frustrierend. Da mache ich mir Kleinmädchengedanken über Doppelnamen, während sich der Träger der einen Namenshälfte nicht mal dazu herablässt, mich anzurufen – geschweige denn, mich zu heiraten.

Mittlerweile scheint die Sonne nur noch auf meine Füße.

Ausgerechnet.

Die Welt ist ungerecht. Marianne wohnt zwei Häuser weiter und hat mindestens zwei Stunden länger Sonne. Möchte trotzdem nicht mit ihr tauschen. Ich kann sehen, wie sie gerade Wäsche auf dem Balkon aufhängt. Wahrscheinlich Windeln. Marianne gehört zu den engagierten Müttern, die Hipp und Pampers verachten und lieber Brei aus Bio-Spinat kochen und am Tag fünf Maschinen mit Stoff-Windeln durchlaufen lassen.

Ich geh mal lieber unauffällig rein. Möchte nicht, dass Marianne mich sieht und auf die Idee kommt vorbeizuschauen. So einsam bin ich nun auch wieder nicht.

«Juhuuuu! Cora! Ist das nicht ein herrlicher Abend?»

Shit. Ich winke freundlich wie Königinmutter von Balkon zu Balkon.

«Rat mal, was der Dennis heute gemacht hat!?»

Na, solche Fragen liebe ich ganz besonders. Was soll ich denn da raten?

«Hat er zum ersten Mal ‹Mama, verpiss dich› gesagt?»

Ich weiß, dass Mütter keinen Spaß verstehen, wenn es um ihre Kinder geht. Aber ich weiß auch, dass Marianne sowieso keinen Spaß versteht. Insofern ist es eigentlich egal.

«Nein! Viel besser!» Marianne beugt sich über das Balkongeländer. Ich schätze derlei Kommunikation nicht. Komme mir vor wie ein altes Waschweib, das am Samstagabend nichts Besseres zu tun hat, als lautstark von Brüstung zu Brüstung zu tratschen. Die Tatsache, dass ich tatsächlich nichts Besseres zu tun habe, verstimmt mich zusätzlich.

«Der Dennis hat heute Morgen sein Aa ins Töpfchen gemacht!»

Ich spüre, dass es angezeigt ist, darauf mit Begeisterung zu reagieren. Die Stille zwischen unseren Balkonen hat einen enormen Aufforderungscharakter.

Aber ich bin nicht begeistert. Und ich bin auch überhaupt nicht in der Stimmung, so zu tun, als ob ich begeistert wäre.

«Tatsächlich? Und, hast du dem Haufen einen Ehrenplatz im Setzkasten vermacht?»

«Natürlich nicht.»

Das Erstaunliche an Marianne ist, dass sie zwar niemals lustig, aber auch niemals ernsthaft gekränkt ist. Nur so kann sie es mit einer Nachbarin wie mir und einem Mann wie Rüdiger aushalten. Ich glaube, sie ist das, was man ein schlichtes, sonniges Gemüt nennt. Sie verzeiht alles. Weil sie die Hälfte der ihr geltenden Beleidigungen gar nicht versteht und für die andere Hälfte Verständnis hat.

Als sie dahinterkam, dass Rüdiger sie mit einer Frau aus der Spesenbuchhaltung betrog, war sie die Ruhe selbst.

«Weißt du», sagte sie mir, «Rüdiger ist nicht gerade eine Kanone im Bett. Ich beneide diese Frau nicht besonders. Rüdiger ist ein recht guter Vater, und nachts schläft er, so wie ich, am liebsten mit geschlossenem Fenster. Letztendlich ist es das, worauf es ankommt. Ich kenne ihn besser als diese Spesenschabracke.»

Ich weiß noch, dass ich sie fast beneidete. Nicht um Rüdiger, natürlich. Aber um ihre Unkompliziertheit. Ich werde niemals unkompliziert sein. So viel ist sicher.

«Ich muss rein! Tschüss, Cora! Hab einen schönen Abend!»

Ich lernte Marianne Berger-Mohr vor vier Monaten kennen, als sich ihr zweijähriger Sohn Dennis auf meine Schuhe erbrach.

Ich mag sowieso keine Kinder. Die sind mir zu direkt. Die

sagen gemeine Sachen, und man kann sich nicht mal wehren.

Als meine Cousine ihren Vierzigsten feierte, deutete ihre fünfjährige Tochter Pia fröhlich auf mich und rief:

«Guckt mal! Die Tante Cora sieht aus wie Morla, die Schildkröte!»

Alle guckten. Und das Schlimme war: Das Gör hatte auch noch recht. Ich hatte mich zwei Tage vorher von Sascha getrennt und die Nächte mit einer sich leerenden Flasche Malt Whisky im einen und dem Buch ‹Alleinsein als Chance› im anderen Arm verbracht. Wie soll man dann auch aussehen?

«Pia macht nur Spaß», sagte meine Cousine. «Du siehst hinreißend aus, Cora. Wie das blühende Leben. Ganz ehrlich.»

«Danke», sagte ich. Ich habe nichts gegen gutgemeinte Lügen.

Die Geburtstagsfeier habe ich heulend auf dem Klo verbracht. Ich konnte diese mitleidigen Gesichter nicht mehr ertragen.

Wenn du über dreißig bist und den Leuten erzählst, dass du dich gerade von deinem Freund getrennt hast, dann schauen sie dich an, als hättest du ihnen soeben anvertraut, dass du nur noch wenige Tage zu leben hast.

«Ach, du wirst auch noch den Richtigen finden», sagen sie dann. Oder: «Auch andere Mütter haben schöne Söhne.» Oder: «Eine Frau wie du bleibt nicht lange alleine.» Aber denken tun sie etwas anderes.

Nun ja, jedenfalls habe ich also mit Kindern keine guten Erfahrungen gemacht. Und als ich Dennis – ich wollte gerade nochmal schnell zum Gemüseladen huschen – laut schluchzend auf dem Bürgersteig stehen sah, war mein erster Instinkt, die Straßenseite zu wechseln und so zu tun, als würde ich intensiv meinen Einkaufszettel studieren.

Ich hatte aber keinen Einkaufszettel. Ich war nämlich gerade mal wieder auf Diät und wollte meinen Obsttag mit einer Kiwi beschließen. Eigentlich mag ich lieber Bananen. Aber Kiwis sind von ihrer Form her unverfänglicher. Ich habe immer den Eindruck, dass mein Gemüsemann mich anzüglich angrinst, wenn ich eine Banane kaufe. So, als könnte ich mir keinen Vibrator leisten. Vielleicht tue ich dem Mann ja auch unrecht, aber seither meide ich bestimmte Gemüsesorten, unter anderem auch Gurken und gutgebaute Möhren.

Dennis schluchzte immer lauter, und ich wollte kein Unmensch sein.

«Wo ist denn deine Mama?», sagte ich mit freundlicher Kindergärtnerinnen-Stimme und tätschelte dem Kind den Kopf.

Der Junge sagte nichts. Schrie aber noch wesentlich lauter.

«Wie heißt du denn, mein Kleiner?» Ich hatte keine Ahnung, ob Kinder in dem Alter schon sprechen können.

Der Junge hörte auf zu schreien und sah mich ängstlich an. Immerhin. Ich fasste Mut.

«Wo wohnst du denn?», fragte ich und bemühte mich um ein kindgerechtes Lächeln.

Der Junge sagte nichts. Starrte mich an. Verzog dann das Gesicht und kotzte mir auf die Schuhe.

Ich wusste noch gar nicht, was ich nun denken sollte, als ich eine aufgeregte Stimme hinter mir hörte.

«Deniiiis! Was machst du denn da? Deniiiis!»

Daraufhin übergab sich Deniiiis gleich noch einmal. In meine Handtasche.

Eine Frau, etwa so alt wie ich, stürzte auf uns zu. Sie war sehr dünn, abgesehen von einem unglaublich ausladenden Becken. Das sah recht seltsam aus. Wie eine aufrecht stehende Python, die gerade ein Stopp-Schild verdaut. Was für ein Becken! Dennis' Geburt konnte keine schwere gewesen sein. Seine Erziehung schien da mehr Probleme zu bereiten.

«Deniiis! Hast du etwa gespuckt? Ach je, ach je! Haben Sie was abbekommen? Ach je, das tut mir leid! Das macht er immer, wenn er sich aufregt. Deniiis, böser Junge! Ach je. Warten Sie, ich habe ein Taschentuch.»

Sie förderte einen Lappen zutage, bei dem ich mir bei bestem Willen nicht vorstellen konnte, dass man damit irgendetwas sauber machen könnte. Ich wich erschrocken zurück.

«Ach, lassen Sie nur», sagte ich eilig. «Ich wohne gleich hier. Wahrscheinlich geht es mit klarem Wasser ganz leicht ab.»

«Ach, Sie wohnen auch hier? Wir sind erst vor ein paar Wochen hergezogen. Ach, es ist mir so peinlich. Ach bitte, kommen Sie doch schnell mit rein. Lassen Sie mich das auswaschen. Bitte, bitte, kommen Sie.»

Sie schob mich resolut über die Straße und klemmte sich gleichzeitig ihren jetzt wieder schreienden Sohn unter den Arm. Ich konnte mich nicht wehren und befand mich wenig später in einer ganz entsetzlich ehrlich eingerichteten Wohnung.

Ich sage nur: Schabracken mit Goldkante. Couchgarnitur mit Schonbezügen. Setzkasten mit Bleibuchstaben. Aquarium mit Guppys. Aber das Schlimmste an der Wohnung war der Mann, der vor dem Fernseher saß.

«Rüdiger! Schau mal, ich habe Besuch mitgebracht!»

Rüdiger rührte sich nicht. Ich meine, wenn einer schon Rüdiger heißt, dann ist das fast so schlimm, wie wenn einer Knut heißt. Rüdiger schaute mich desinteressiert an und machte den Fernseher lauter. Meine Güte! So ein verklemmtes Gesicht hatte ich ja in meinem ganzen Leben noch nicht gesehen. Der Mann sah aus wie ein Arsch, der sich einen Furz verkneift.

«Ach, ich habe mich ja noch gar nicht vorgestellt! Ich heiße Berger-Mohr. Marianne Berger-Mohr», sagte Marianne Berger-Mohr.

«Ich heiße Hübsch. Cora Hübsch», sagte ich.

«Ach, wie hübsch!»

Ha. Ha. Ha. Marianne freute sich über den gelungenen Scherz. Rüdiger sagte gar nichts, er machte den Fernseher noch etwas lauter und wandte sich an seine Frau:

«Wie spät ist es?»

Marianne setzte ihren Sohn auf dem Boden ab und sah auf ihre Armbanduhr.

«Viertel nach sechs.»

Rüdiger sagte: «Das habe ich mir gedacht.» Dann stand er auf und machte die Wohnzimmertür zu. Ich fühlte mich zunehmend unwohl.

Eine Stunde habe ich an diesem Abend in Mariannes winziger Küche verbracht. Während sie meine Schuhe und meine Handtasche reinigte, zwang sie mich, mehrere Gläser Eckes-Kirschlikör zu trinken und mir ihre irrsinnig langweilige Lebensgeschichte anzuhören, die ich jetzt nicht wiedergeben möchte. Erst, als sie sagte, sie sei Informatikerin, wurde ich hellhörig.

«Wie interessant.»

«Ja, findest du?» (Wir duzten uns seit dem zweiten Glas Eckes.) «Rüdiger ist auch Informatiker. Wir haben uns bei einem Weiterbildungskurs für Systemanalytiker kennengelernt. Ja, was soll ich sagen. Ein Jahr später wurde unser Dennis geboren.»

Das fand ich nun irgendwie ganz lustig. Zwei Informatiker. Man kann sich gar nicht vorstellen, dass die was über Kopulation wissen.

«Das ist ja nett», sagte ich. «Dann ist euer Sohn ja ein richtiger Gameboy.»

«Wieso?»

«Ach, vergiss es.»

Wie schon gesagt, ich schätze es nicht, wenn jemand meine Witze nicht versteht. Dennoch hielt ich es für besser, es mir mit Marianne Berger-Mohr nicht zu verscherzen. Ich habe nämlich ein recht angespanntes Verhältnis zu meinem Computer. Und mit meinem Drucker stehe ich regelrecht auf Kriegsfuß. Es kann nicht schaden, dachte ich mir, im näheren Bekanntenkreis eine Computerexpertin zu haben.

Seither kommt Marianne ungefähr einmal in der Woche vorbei, um meinen Computer zu warten und mir das Neueste aus ihrem beklemmenden Liebesleben zu berichten. Das freundschaftliche Verhältnis zu Marianne gestattet mir, hin und wieder mein Singledasein in ganz anderem Licht zu betrachten. Verglichen mit dem Sex, den Marianne mit Rüdiger hat, ist jede Selbstbefriedigung ein rauschhaftes Erlebnis.

Montag! Mein Montag. Unser Montag. Endlich Montag. Die letzten Tage hatte ich in einem Zustand extremer Anspannung verbracht.

Erst einmal hatte ich natürlich viel damit zu tun, den Abend mit Daniel aufzuarbeiten. In mehreren, vielstündigen Monologen hatte ich Jo immer und immer wieder den Verlauf wiedergegeben. Das ist wichtig. Weil man sich ja mit jedem Mal an eine neue Kleinigkeit erinnert.

Wie er mir zum Beispiel den Parmesan gereicht hatte, mit dieser entzückenden, anmutigen und doch männlichen Grazie.

Wie er den Kellner gebeten hatte, freundlich, aber nachdrücklich, noch etwas Brot zu bringen. Wie er sein Jackett ausgezogen hatte, mit einer nachlässigen, gleichzeitig aber auch dynamischen Geste.

Das waren Dinge, die erst nach und nach in mein verwirrtes Gedächtnis zurückfanden.

Ich kann es Jo nicht hoch genug anrechnen, dass sie auf meine stündlich wiederkehrende Frage «Habe ich dir eigentlich schon erzählt, wie er ...?» immer gutmütig antwortete: «Ja, das hast du. Aber erzähl es mir doch noch einmal.»

Sie ist eine verdammt gute Freundin.

Die letzten vier Tage und Nächte hatte ich damit verbracht, an Sex zu denken und wie man sich darauf vorbereitet. Eine anregende Gedankenmischung aus erotischer Phantasie und pragmatischer Strategie. Ich zweifelte nicht daran, dass es diesmal zum Äußersten kommen würde. Und, bei Gott, ich würde bereit sein.

Die aufregendsten Stunden im Leben einer Frau sind die, in denen sie sich auf ein Rendezvous mit potenziell intimem Ausgang vorbereitet. Dagegen ist der Sex selbst oft regelrecht entspannend.

Hier der Countdown im Einzelnen:

Montag, 17.45 Uhr: Ich komme von der Arbeit nach Hause. Wobei Arbeit eigentlich das falsche Wort ist. Habe versucht, mich, vor dem Computer sitzend, mit autogenem Training zu beruhigen. Habe ozeanisch grinsend in der Kantine gesessen und vergessen, mein Hähnchenschnitzel im Knuspermantel zu essen. Habe ab 16 Uhr fortwährend auf die Uhr gestarrt und um 17 Uhr fluchtartig das Gebäude verlassen. Musste dann allerdings nochmal umkehren, weil ich meinen Mantel und meinen Autoschlüssel liegengelassen hatte.

17.46 Uhr: Ich höre den Anrufbeantworter ab. Zwei Nachrichten. Bitte! Liebes Jesulein! Lass ihn nicht absagen!

Peep.

«Hallo, hier ist Jo. Lass mich raten: Ich bringe deinen Zeitplan durcheinander. Du hast noch ungefähr zwei Stunden für ein Ganzkörperpeeling, eine Gesichtsmaske und das Make-up. Ich weiß, es geht um Sekunden. Wenn du doch noch eine Minute übrig hast, dann ruf mich an. Ansonsten: Hals- und Beinbruch. Übrigens: Zieh bloß keinen Body an, sag ich dir. Den Mechanismus kapieren Männer nie. Lass doch die Unterwäsche einfach weg. Das wirkt lasziv und erspart einem diese demütigende Frickelei an den BH-Häkchen. Also: Toi, toi, toi.»

Peep.

«Cora, Liebes, hier ist Big Jim. Heute ist dein großer Abend, nicht wahr? Wollte dir alles Gute wünschen. Wusstest du übrigens, dass sich Männer vor solchen Gelegenheiten die Zähne mit Colgate mint forte putzen und anschließend mit einem Schluck Whisky ausspülen? Altes Casanova-Rezept. Kannst ja mal drauf achten. Lass dich nicht unterkriegen. Na ja, oder vielleicht doch. Liebe Grüße und toi toi toi.»

17.48 Uhr: Ich trinke ein Glas Sekt auf meine guten Freunde und höre dazu meine «Ich-werde-Sex-haben»-Musik von Mtume.

«I will be your lollypop – you can lick me everywhere.»

Ich kann mir Zeit lassen – schließlich habe ich die Kleiderfrage schon vor Tagen mehrmals mit Jo durchdiskutiert und geklärt. Sexy, aber nicht aufdringlich. Elegant, aber nicht overdressed. Mit wenigen Handgriffen ausziehbar und nicht zu eng. Es gibt nichts Schlimmeres, als wenn man im Augenblick höchster Ekstase in der Jeans stecken bleibt oder man unbekleidet aussieht, als sei man erst vor wenigen Tagen von feindlichen Agenten gefoltert worden: Zu knappe Kleidung, zu enge Unterwäsche hinterlässt unschöne Striemen am ganzen Körper. Abschreckend ist auch, wenn der Hosenknopf einen deutlichen Abdruck unterhalb des Nabels stanzt.

Ich hatte mich für ein weich fallendes, cremefarbenes Sommerkleid entschieden. Mit einem langen Reißverschluss am Rücken und halblangen Ärmeln. Das ist sehr wichtig. Diese furchtbaren Spaghettiträger sind nichts für mich und meine ausgeprägten Oberarme. Sehe darin aus wie Axel Schulz im Negligé.

Dank einiger Besuche im Solarium würde ich auf Nylons verzichten können. In der zweiten Etappe des Entkleidens steht man sonst nämlich nur noch mit Seidenstrümpfen am Leib da. Das sieht nun wirklich total bescheuert aus. Und halterlose Strümpfe gebärden sich, meiner Erfahrung nach, auch haltlos. Entweder sie schlabbern einem plötzlich um die Fußgelenke oder klammern sich derart verbissen an die Oberschenkel, dass sie, in dieser ohnehin problematischen Gegend, die Blutversorgung unterbinden.

18.00 Uhr: Körperpflege

Duschen (mit Kiwi-Duft-Gel).

Haarewaschen (mit Orangen-Duft-Shampoo).

Kur-Packung (mit Cocos-Duft-Conditioner).

Eincremen (mit Vanille-Duft-Lotion).

18.30 Uhr: Make-up

Dank meiner leichten Bräune sehe ich nicht so schockgefrostet aus wie sonst. Rouge. Lippenstift. Wimperntusche. Das reicht.

Ich verliere hier allerdings dennoch wertvolle Minuten, weil ich mich zweimal komplett abschminken muss. Mit Wimperntusche ist das so eine Sache. Meist verklebt sie sich klumpig, sodass die Wimpern aussehen wie die Beine einer arthritischen Vogelspinne.

18.50 Uhr: Sitze im Bademantel und mit Handtuchturban am Küchentisch. Gut, dass mich Daniel so nicht sehen kann. Wie Nofretete, die nur knapp einem blutigen Massaker entkommen ist. Seit ich einmal versucht habe, mir die Zehennägel zu lackieren, ist mein weißer Bademantel übersät mit dunkelroten Flecken.

Trinke noch ein Schlückchen und bete, dass ich mit meinen Haaren heute keine unliebsame Überraschung erleben werde. Sie sind einfach unberechenbar. Habe die Kurpackung extra zehn Minuten länger einwirken lassen, um sie gefügig zu machen.

19.02 Uhr: Kleid sitzt wie angegossen. Ich brauche dringend einen Mann – nicht nur, damit er mich auszieht. Sondern zunächst, damit er mich anzieht. Zerre mir jedes Mal fast den Nackenmuskel bei dem Versuch, diesen verdammten Reißverschluss zu schließen.

Habe mich für weiße Spitzenunterwäsche entschieden. Wirkt unverdorben. Sauber. Jungfräulich.

19.15 Uhr: Neiiiiiiin! Bitte nicht! Nicht heute! Nicht jetzt!

Habe mir die Haare geföhnt und sehe aus wie Jesus. Matte hängt uninspiriert nach unten. Wo sind meine Locken?

19.23 Uhr: Alles aus. Muss die Verabredung absagen. Nach einer Behandlung mit dem Lockenstab sehe ich jetzt aus wie Maria Magdalena auf Ecstasy.

19.27 Uhr: Muss mich beruhigen und trinke noch ein Gläschen. Jo hatte die rettende Idee, ich solle mir die Haare doch einfach hochstecken. Klasse! Aber womit? Jo schickt Fahrradkurier mit Haarnadeln und faxt mir eine Kurzanleitung für Hochsteckfrisuren.

19.45 Uhr: Ich verlasse das Haus mit schätzungsweise 83 Haarnadeln auf dem Kopf und ungefähr 1,1 Promille im Blut.

‹Hofmann› stand auf der Klingel. Das fand ich gut. Weil der Doktortitel ja eigentlich zum Namen gehört. Ihn wegzulassen deutet auf ein angenehmes Maß Understatement hin.

Das ist, wie wenn man Kirchenbänke spendet und dann nicht an jedem zweiten Sitz ein Messingschildchen anbringen lässt mit der Aufschrift: ‹Gestiftet von ...›. Na ja. Egal.

Ich war angeheitert und unwiderstehlich, als ich das imposante Treppenhaus hochstieg. Altbau. Marmorstufen mit Teppich drauf. Wow. Leider kein Aufzug. Als ich im vierten Stock ankam, war ich aus der Puste und hatte blöderweise ungefähr auf Etage zwei einen Schluckauf bekommen.

«Hallo», sagte Daniel. Er stand lässig an den Türrahmen gelehnt. Dunkelblaue Jeans und weißes T-Shirt. Ich fragte mich, wie viel Stunden Vorbereitung es ihn wohl gekostet hatte, so perfekt unvorbereitet auszusehen.

Ich lächelte verführerisch und sagte: «Hallhiiiiiiiks.»

Ach, das war mir peinlich. Der Mann musste ja denken,

dass ich schon mindestens vier Gläser Sekt getrunken hatte. Wenn ich Schluckauf habe, dann richtig. Das klingt dann so, als würde man in unregelmäßigen, aber kurzen Abständen auf ein Meerschweinchen treten.

Wir verbrachten also die erste Viertelstunde unseres Beisammenseins damit, diverse Anti-Schluckauf-Techniken auszuprobieren und wieder zu verwerfen. Ein Glas Wasser trinken. Luft anhalten. Magische Formeln aufsagen. Alles umsonst.

Daniel schien sich köstlich zu amüsieren. Ich war gerade dabei, rückwärts das große Einmaleins aufzusagen, als er plötzlich sagte: «Ich muss übrigens gleich weg. Ein medizinischer Notfall. Ich hoffe, du bist nicht böse.»

«Was?» Ich erstarrte innerlich. Fand aber innerhalb von Sekunden wenigstens zu äußerer Fassung zurück.

«Das macht doch nichts. Es kommt mir sogar ganz gelegen. Ich habe noch zu arbeiten.»

«So so. Was macht dein Schluckauf?»

«Was?»

«Was macht dein Schluckauf? Ist er weg?»

Ich hörte angestrengt in mich hinein. Kein Schluckauf. Nichts. Nur gähnende, schmerzhafte Leere in meinem Inneren.

«Ist weg.»

«Siehst du. Das funktioniert immer.»

«Was?»

«Man muss den Schluckauf-Patienten zutiefst erschrecken.»

«Oh. Ja. Tatsächlich.»

Leider fiel mir nicht mehr ein. Ich überlegte, ob ich meinen Schluckauf simulieren sollte, um mich weniger bloßgestellt zu fühlen, ließ es aber. Habe in der Simulation von Schluckäufen keine Erfahrung. Mein Fachgebiet ist die naturgetreue Nachbildung von Interesse, Mitleid und Orgasmen.

Ich glaube, dass das Essen, das Daniel gekocht hatte, ganz vorzüglich war. Zumindest behauptete ich das. Irgendwas mit Nudeln. Vielleicht auch Reis. Oder Kartoffeln.

Ich glaube, wir haben uns auch recht nett unterhalten. Über die Vorzüge von Ceranfeldern. Vielleicht auch über Armbanduhren. Oder über den Palästinenserkonflikt. Ich glaube, ich habe total entspannt und lebenslustig gewirkt, obschon ich mich ständig fragte, ob

a) meine Hochsteckfrisur gerade dabei war, sich in eine ehemalige Hochsteckfrisur zu verwandeln,

b) sich Essensreste zwischen meinen Schneidezähnen platziert haben könnten,

c) mein helles Kleid womöglich im nächsten Moment eine verhängnisvolle Affäre mit der Tomatensoße anfangen würde.

Ich war so damit beschäftigt, mich zu fragen, ob ich ihm gefalle, dass ich völlig vergaß, mich zu fragen, ob er mir gefällt.

Sein Wohnzimmer, daran kann ich mich erinnern, gefiel mir gut. Nach dem Essen hatte Daniel mich mit der Bemerkung «Wir haben noch eine Verabredung mit Miss Marple» in Richtung Sofa manövriert. Ein riesengroßes, mit dunklem Samt bezogenes Möbel.

Ich weiß noch, dass ich es mit geübtem Blick blitzschnell

auf verräterische Flecken hin untersuchte. Weil zum Beispiel Sperma aus Samt total schlecht rausgeht. Deswegen habe ich mich ja auch bei meinem Sofa für den Zebra-Bezug entschieden. Zebra-Bezüge behalten ihre Geheimnisse zuverlässig für sich. Daniels Sofa war fleckenfrei.

Wobei das auch nicht unbedingt was zu sagen hat. Ich kannte mal einen, ein ekeliger Typ, an den ich nur ungern zurückdenke, der hat seine Sofakissen immer umgedreht. Die saubere Seite war für seine Freundin reserviert – er war schon über fünf Jahre mit ihr zusammen, da macht ein Paar keine Flecken mehr. Und die weniger saubere Seite mussten sich seine zwei bis vier Affären teilen.

Ich ließ mich nieder und betrachtete den Raum. Alles war auf sehr lässige Weise unaufgeräumt. So wie auf den Fotos in Wohnzeitschriften: Hier und da liegt eine ‹Wallpaper› rum oder ein Bildband über das Frühwerk von Picasso, oder eine weiße Patchworkdecke hängt leger über einer Sessellehne.

Solche Dekorationen überleben nicht lange, wenn ich einen Raum betrete. Chaos ist mein ständiger Begleiter. Und so wurde es auch in Daniel Hofmanns Wohnzimmer schnell gemütlich. Ich brauche einfach einige Dinge in meinem näheren Umfeld, um mich wohl zu fühlen: Aschenbecher. Zigaretten. Feuerzeug. Weinglas. Im edelsten Fall, der hier eintrat, die dazugehörige Flasche in einem Sektkühler. Schokolade, Plätzchen oder Chipsletten.

Daniel sorgte für mein Wohl, und schon war aus diesem Raum ein Zimmer geworden, das nicht mehr ohne weiteres von einem ‹Schöner Wohnen›-Fotografen abgelichtet werden konnte.

Ich habe eigentlich noch nie einen Annäherungsversuch erlebt, der nicht irgendwie auf rührende Art unbeholfen war. Meist tun Männer eine ganze, lange Weile gar nichts, um dann plötzlich, in einem Akt der Verzweiflung, alles auf einmal zu machen.

Es erleichterte mich irgendwie, dass dieser göttliche Mediziner keine Ausnahme war. Miss Marple hatte gerade die Leiche von Cora Landscanate entdeckt, mit einer Stricknadel in ihrem Schaukelstuhl niedergemeuchelt, als Daniel seine Hand auf meinen Nacken legte, der dank Jos Haarnadeln völlig frei lag.

«Was machen die Verspannungen? Trägst du auch deine Einlagen?»

Sehr, sehr witzig. Ich beschloss, diese diskriminierende Bemerkung zu übergehen. Neigte stattdessen devot mein

Haupt ein wenig zur Seite. Habe in einer Frauenzeitschrift gelesen, dass das Zeigen des weiblichen Halses bei Männern Urinstinkte hervorruft.

Es funktionierte. ‹Cosmopolitan› sei Dank! Daniel zog meinen Kopf mit einer außerordentlich urinstinkthaften Geste an sein Gesicht. Es war blöd, dass er bei dieser ersten Attacke von einer vorwitzigen Haarnadel abgewehrt wurde. Wir mussten leider lachen, was mich etwas durcheinanderbrachte. Humor und Erotik vertragen sich nicht besonders gut, wenn man sich noch nicht kennt. Das erste Mal ist eine ernste, schwierige Angelegenheit.

Geht es eigentlich anderen auch so, dass sie beim ersten Kuss nur darüber nachdenken, was man sagen soll, wenn der Kuss vorbei ist? Wahrscheinlich sollte man gar nichts sagen und sich einfach versonnen in die Augen schauen. Das ist aber nicht meine Art. Ich fühle mich immer geradezu genötigt, die unangenehme Gesprächspause nach dem ersten Intimkontakt mit sinnfreier Konversation zu füllen. Ich sage dann so Sachen wie: «Kann ich noch ein Glas Wein haben?» oder «Kann ich noch eine Zigarette haben?» oder, früher, «Kann ich noch einen Joint haben?» Ich bin sicher, dass sich dadurch über viele Jahre meine ausgeprägten Suchtstrukturen noch verfestigt haben.

«Kann ich noch ein Glas Wein haben?», fragte ich also, als er fertig war.

«Nein», sagte er. Und küsste mich nochmal. Das gefiel mir, wobei es das Problem natürlich nicht löste, sondern nur aufschob.

Ich glaube, es war, als Miss Marple den Toten im Pferdestall entdeckte und Daniel aufstand, um die Vorhänge zu schließen. Jetzt hatte ich zum ersten Mal Gelegenheit zu bemerken, dass irgendwas anders war als sonst.

«Und wie war's?», fragte Jo, als sie mich am nächsten Morgen anrief.

«Wie war was?»

«Wie, wie war was? Jetzt tu doch nicht so. Habt ihr euch geküsst? Wart ihr im Bett? Wie ist er gebaut? Nun erzähl schon, du bist ja sonst auch nicht gerade verschlossen.»

«Eigentlich war gar nicht viel.»

«Oh.» Jo schwieg betroffen.

«Also, geküsst haben wir uns schon.»

«Nur geküsst? Sag bloß, Daniel ist einer von den Typen, die abends auf Sex verzichten, wenn sie morgens früh rausmüssen. Das erinnert mich an Olli. Weißt du noch?»

«Welcher Olli?»

«Der Blonde aus dem Reisebüro. Du weißt schon. Der sich weigerte, mit mir im Kino zu knutschen, weil er ja schließlich Geld dafür bezahlt hatte, den Film zu sehen. Lass bloß die Finger von solchen Männern. Die sind tendenziell freudlos.»

«Nein, so war es ja auch gar nicht. Ich war's. Ich wollte plötzlich nicht mehr.»

«Du wolltest nicht mehr? Hatte er Mundgeruch oder was? Wobei dich das bei diesem Versicherungsfuzzi, wie hieß der nochmal, ach ja, Alex, ja auch nicht abgehalten hat. Weißt du noch, wie du ihm ein Fisherman's Friend geradezu aufgezwungen hast, bloß um mit ihm ohne Geruchsbelästigung ins Bett gehen zu können?»

«Also, diesmal war das anders. Und das mit Alex war ja

auch nichts Ernstes. Ach, ich weiß auch nicht. Ich hatte bloß auf einmal das Gefühl, nun ja, ich weiß auch nicht, wie ich's beschreiben soll. Es war mir zu wichtig. Verstehst du, was ich meine? Dieser Mann gefällt mir gut, und ich dachte, es sei mal was anderes, es nicht bei der ersten Gelegenheit zu tun.»

«Nun ja, es ist zumindest originell. So, wie wenn man heiratet und nicht schwanger ist. Cora?»

«Mmmh?»

«Ich glaube, du bist wirklich verliebt.»

«Mmmh. Ich wollte einfach nicht, dass alles, was passieren kann, passiert. Außerdem hat deine Mutter doch auch immer gesagt: Willst du was gelten, mach dich selten. Das habe ich getan. Ich finde mich ziemlich heldenhaft.»

«Und wie hat er reagiert?»

«Überrascht.»

«Kann ich mir denken. Ist der Kerl wahrscheinlich nicht gewohnt. Wie bist du denn aus der Nummer rausgekommen?»

«Nun ja. Ich hatte doch mein Kleid an ...»

«Das cremefarbene?»

«Genau. So gegen Mitternacht bat ich ihn, den Reißverschluss wieder zuzumachen.»

«Also so weit war er immerhin schon gekommen.»

«Ich sagte, dass ich heute früh raus und viel arbeiten müsse.»

«Ich lach mich kaputt. Das hat er dir geglaubt? Klasse! Das nenne ich Emanzipation. So ein dämliches Argument hört man sonst nur von Männern.»

«Ich sage dir, Jo, als ich auf der Straße stand, war ich absolut euphorisch. Kein Sex kann so gut sein, wie keinen Sex zu haben. Ich habe alles noch vor mir. Ich habe meine Hormone besiegt. Und so ganz nebenbei bin ich dadurch wahrscheinlich noch in seiner Achtung gestiegen. Was will eine Frau mehr?»

«Wahrscheinlich hast du recht. Glückwunsch. Ist das nicht absurd? Du verschaffst dir Respekt dadurch, dass du ihm das, was er will, nicht gibst. Wahrscheinlich kann eine Beziehung nur auf Dauer funktionieren, wenn man völlig auf Sex verzichtet.»

«So weit würde ich nicht gehen. Wir sehen uns übermorgen wieder. Daniel will mich mit auf eine Sommerparty mitnehmen. Das klingt doch gut, oder?»

«Am Mittwoch? Ich dachte, da gehen wir ins ‹Massimo›?»

«Oh, das habe ich ganz vergessen. Soll ich ihm absagen?»

«Das wäre vielleicht zu viel des Guten. Erst kriegt der arme Mann keinen Sex und dann noch nicht mal eine Verabredung. Da könnte er bockig werden. Du darfst den Bogen nicht überspannen. Er soll sich als Eroberer fühlen, aber nicht als Depp. Komischerweise behagt den meisten Männern diese Rolle nicht, obwohl viele dafür wie geschaffen sind.»

«Du hast sicher recht. Bist du auch nicht böse?»

«Quatsch.»

«Was ist mit heute Abend? Hast du Zeit? Ich hab keine Ahnung, was ich am Mittwoch anziehen soll.»

«Komm vorbei, ich leih dir was. Wie hat das eigentlich mit der Hochsteckfrisur geklappt?»

«Als ich nach Hause kam, sah ich aus wie eine sturmgepeitschte Trauerweide.»

«Wir müssen über eine andere Frisur nachdenken.»

«Ich habe keine Frisur. Ich habe einfach nur Haare.»

«Okay, bis später. Soll ich was kochen?»
«Ach. Ein Salat reicht, denke ich.»
«Verstehe.»

18:58

Bin so verzweifelt, dass ich gleich ‹Heute› gucken werde. Hoffentlich gibt's heute eine ordentliche Katastrophe. Es mag ekelig klingen, es mag sogar ekelig sein – aber in solchen Momenten baut mich das Unglück anderer Leute irgendwie auf. Angesichts einer saftigen Dürre, einer fetten Hungersnot kommt einem das eigene Leid nicht mehr ganz so weltbewegend vor. Man darf sich selbst einfach nicht so wichtig nehmen.

Werde mich ab sofort nicht mehr so wichtig nehmen. Frage mich allerdings, was ich denn sonst wichtig nehmen soll. Ich sollte einem gemeinnützigen Verein beitreten. Oder zumindest mal was fürs ‹Rote Kreuz› spenden. Oder so.

Nachrichten sind langweilig. Vielleicht hätte ich bei Sascha bleiben sollen? Vielleicht sollte ich ihn anrufen?

Ich glaube, er liebt mich immer noch. Hoffe ich zumindest. Ich mag es, wenn Leute mich lieben, die ich nicht liebe. Das ist gut fürs Selbstbewusstsein. Ich kann mich noch genau an den Abend erinnern, als ich mich von ihm getrennt habe. Wochenlang hatte ich das Unvermeidliche vor mir hergeschoben. Ich trenne mich nicht gerne. Und seit ich über dreißig bin, trenne ich mich sogar noch viel ungerner. Aber es ging einfach nicht mehr, und Jo hatte mich gezwungen, es ihm endlich zu sagen.

«Du bestellst ihn um acht zu dir. Um kurz nach elf rufe ich dich an. Und wenn die Sache dann nicht endgültig erledigt ist, werde ich dafür sorgen, dass ein Kinderfoto von dir auf der Titelseite vom ‹Express› erscheint.»

Ich sah schlimm aus, als Kind.

«Wir passen einfach nicht zusammen.»

Sascha guckte traurig. Es zerbrach mir das Herz.

«Wieso denn nicht?»

«Sascha, das musst du doch auch sehen! Das Erste, was ich tue, wenn ich in dein Auto steige, ist, den Radiosender zu verändern. Ich hasse ‹Deutschlandfunk›! Und ich bin eine Schlampe. Es ist nicht so, als würde ich saure Milch in meinem Kaffee mögen, aber noch weniger mag ich mit jemandem zusammen sein, der mir jeden Morgen deswegen Vorhaltungen macht.

Ich kann es auch nicht länger ertragen, dass du mein Altpapier zum Container bringst, meine Schmutzwäsche in den Wäschekorb legst (legst! Nicht etwa stopfst!), meine Videokassetten alphabetisch sortierst oder mitten in der Nacht aufstehst, um den guten Rotwein zuzukorken, den ich offen stehenlassen habe. So geht das nicht weiter!»

«Cora, ich mag dich genau so, wie du bist. Mich stört das alles nicht. Ehrlich.»

«Mich aber!»

«Cora, jetzt sei nicht kindisch. Nur weil zwei Leute gegensätzlich sind, heißt das doch nicht, dass sie nicht zusammenpassen.» Sascha sprach mit der typischen «Hör-gut-zu-Kleines-ich-erklär-dir-jetzt-mal-die-Welt»-Stimme.

«Habe ich dir jemals von meinen Großeltern erzählt?»

Ich schüttelte unwillig den Kopf.

«Meine Großeltern waren so unterschiedlich, unterschiedlicher können zwei Menschen nicht sein. Mein Opa hatte mit achtzig noch ein Geschichtsstudium begonnen und wurde nicht müde, seiner Frau davon vorzuschwärmen und zu versuchen, sie dafür zu interessieren. Irgendwann sagte er zu ihr: ‹Magda, komm doch heute Abend mit zur Vorlesung. Es wird sicher sehr interessant. Es geht um 1848.› Und meine Großmutter strich ihm über den Kopf und sagte: ‹Ach Hans, lieber nicht. Das ist mir zu spät.›»

Ich lächelte gequält.

«Aber weißt du, genau dafür hat er sie geliebt. Sie führten eine sehr glückliche Ehe und hatten drei Kinder.»

«Wir können keine Kinder haben.»

Das, fand ich, war ein guter Schachzug, ein existenzieller sozusagen.

«Warum denn das nicht?»

«Du warst ja nicht mal damit einverstanden, wie ich meinen Wellensittich erzogen habe.»

«Hermann war, das musst du zugeben, ein völlig degeneriertes Tier. Du hast ihm seine tierischen Instinkte abgewöhnt. Und das hat ihn letztendlich das Leben gekostet.»

«Was willst du damit sagen? Dass ich Hermann umgebracht habe?» Ich merkte, wie meine Stimme einen hysterischen Unterton bekam.

«Nein, das nicht. Aber er hatte verlernt, sich zu fürchten. Jeder normale Vogel wäre weggeflogen. Dazu sind sie ja schließlich da. Hermann ist mit Sicherheit der einzige Sittich auf der Welt, der zu Tode kam, weil ein Klempner versehentlich auf ihn draufgetreten ist.»

Ich war sprachlos. Ich musste eine Weile um Fassung ringen. Hermann hatte mir viel bedeutet. Außerdem brauchte ich Zeit, um das nächste Argument vorzuformulieren.

«Und wie war das mit der Eifel!?», rief ich schließlich triumphierend. Ha! Da hatte ich ihn aber eiskalt erwischt.

«Jetzt fang doch nicht wieder damit an!», sagte er lässig, rutschte aber unruhig auf dem Stuhl hin und her. Männer werden nicht gerne an ihre Verfehlungen erinnert. Zumal sie ihre Verfehlungen selten für Verfehlungen halten.

Es war im letzten Sommer gewesen; Sascha und ich planten unseren ersten gemeinsamen Urlaub. Ich wälzte Kataloge mit Aufschriften wie «Fernreisen» oder «Asien ganz anders» oder «Exotische Reiseziele».

Dabei stellte ich mir vor, wie ich morgens, von unserem auf Bambusstäben gebauten Bungalow aus, mit bunten Blumen im Haar zum strahlend weißen Strand laufe und meinen braungebrannten, schlanken (vorher Diät, ist klar) Körper in die azurblaue Südsee tauche, während Sascha auf der Terrasse mit einer Machete eine Kokosnuss spaltet, um dann in einer Hängematte, die zwischen zwei Palmen hängt, in deren Blättern leicht der warme Südseewind spielt, auf mich zu warten.

Ach herrlich. Ich liebe Reisevorbereitungen. Ich finde, man kann nicht früh genug damit anfangen. Aus diesem Grund halte ich auch gar nichts von Last-Minute-Angeboten. Die bringen einen um die schönste Zeit des Urlaubs: die Wochen der Vorfreude.

Das Blöde war nur, dass Sascha von meinen vorbereitenden Aktivitäten seltsam unberührt blieb. Im Gegenteil: An jedem Land, das ich ihm als potenzielles Reiseziel vorschlug, hatte er was rumzumäkeln. Bis drei Wochen vor Reisebeginn waren wir, beziehungsweise er, immer noch unentschlossen. Das hatte zur Folge, dass wir prophylaktisch eine Menge verschiedenster Malaria-Medikamente schluckten. In Thailand gibt es nämlich eine andere Malaria als in Indien, wo sich wiederum die Erreger massiv von denen aus Vietnam unterscheiden.

Eine Woche vor unserem ersten Urlaubstag hätten wir die ganze Welt bereisen können, ohne Opfer irgendeiner Krankheit zu werden. Schließlich buchte ich Vietnam.

Was soll ich sagen? Zwei Tage vor Take-off befand Sascha, dass in Vietnam die Luftfeuchtigkeit zu hoch sei, um dort angenehme Ferien zu verbringen.

Ich stornierte den Flug, und wir verbrachten zwei Wochen im Ferienhaus von Saschas Eltern in der Eifel. Es war entsetzlich.

Hätte nur noch gefehlt, dass ich mir dort einen seltenen Eifeler Malariaerreger eingefangen hätte.

Es regnete ununterbrochen. Diese feine, perfide Art von Regen, den man erst kaum bemerkt und der einen dennoch bis auf die Knochen durchnässt. Während der Rest Deutschlands, von Vietnam mal ganz zu schweigen, unter einem Hochdruckgebiet schwitzte, saßen Sascha und ich in einem Fachwerkhaus in Erkensruhr und spielten Backgammon. Ich hätte es da schon wissen müssen.

«Wir passen einfach nicht zusammen», wiederholte ich dramatisch. «Vollgepumpt mit Malariaprophylaxen saß ich zwei Wochen lang am einzigen Ort der Erde, den man beheizen musste.»

Ich sah, wie Sascha ärgerlich wurde. Ich hatte einen wunden Punkt getroffen. Recht so. Ich war wild entschlossen, die Sache hier und jetzt zu Ende zu bringen.

Okay, unsere Liebesgeschichte hatte schön angefangen. Aber was nutzt das? Sie war nicht schön weitergegangen. Ich sah, wie sich Sascha zum Gegenschlag aufplusterte.

«Cora! Verdammt nochmal! Sei doch nicht so unvernünftig! Dass du jetzt diese blöde alte Urlaubsgeschichte aufwärmst! Das ist wieder mal typisch für dich. Du bist immer so unsachlich.»

«Eben. Wir passen nicht zusammen. Ich bin immer unsachlich. Und ich bin es gerne. Warum sollte ich sachlich sein? Ich bin viel lieber persönlich.»

«Wie du meinst.»

Und das war's dann. Sascha ging. Und ich war durch eigenes Verschulden wieder Single. Ich wusste, dass ich das Richtige getan hatte. Jo war stolz auf mich. Aber ich fühlte mich sauschlecht.

Ich meine, es ist wirklich nicht so, dass ich kompromisslos bin. Ich halte mich jedenfalls nicht dafür. Ich habe bloß ein paar Angewohnheiten, von denen ich ungern ablassen möchte. Ich esse Nutella direkt aus dem Glas. Ich reinige meine Haarbürste grundsätzlich nicht. Ich schlafe bei offenem Fenster und drehe die Heizung hoch. Ich spreche nicht vor neun Uhr morgens. Ich höre nicht auf zu sprechen vor zwei Uhr nachts. Ich will sonntagnachmittags depressiv sein. Ich schaue keine französischen Filme an und lese grundsätzlich niemals die ‹Zeit›. Ich kaufe immer zu viel ein und verpacke die Reste in zweifelhafte Plastikschüsseln. Ich weiß noch, wie meine Mutter zu Besuch war. Mitten in der Nacht hatte sie Hunger bekommen, tapste zum Kühlschrank und weckte mich mit einem schrillen Schrei, weil sie fahrlässig die Schüssel mit den Überbleibseln des ‹Hühnchen chinoise› geöffnet hatte, das ich drei Wochen zuvor für Big Jim gezaubert hatte.

Ich habe ein wunderschönes altes Klavier, auf dem ich mehrmals am Tag immer dasselbe Stück spiele. Ich brauche das zur Beruhigung. Ich lege Wert darauf, meine Schmutzwäsche auf dem Badezimmerboden und nicht im dafür vorgesehenen Schmutzwäschekorb aufzubewahren. Im Schmutzwäschekorb haben mein Nähzeug, die Bedienungsanleitungen für Videorecorder und Fernseher, meine alte Zitronenpresse und die etwa dreiundzwanzig alleinstehenden Socken, die auf unerklärliche Weise ihre Partner verloren haben, ein treffliches Plätzchen gefunden. Ich gehöre zu der Generation, die ihre Kühlschranktür als Pinnwand benutzt. Vergilbte, mit Spaghettisoßenspritzern gesprenkelte Fotos meiner Freunde hängen daran, Zeitungsausschnitte und Cartoons. Mein Lieblingscartoon, der mich seit Jahren begleitet und schon diverse Kühlschranktüren geziert hat, hängt immer in der Mitte: Eine Frau hält ein kleines Männchen an der Hand, und eine zweite Frau sagt zu ihr: «Stillen Sie noch ab, oder ist das Ihr Mann?» Finde ich total lustig. Immer wenn mich in Frage kommende Männer besuchen, hänge ich allerdings eine Schlagzeile darüber, die ich vor Jahren mal aus der ‹Abendzeitung› ausgeschnitten habe: ‹Bonn in Sorge – Kohl denkt nach›. Zum Frühstück esse ich gerne kalte Bockwürstchen aus dem Glas, ich würde mich niemals von meiner riesigen Leuchtbanane trennen, die auf dem Küchenschrank steht, und ein Leben ohne meine Weckuhr, die mit der Stereoanlage verbunden ist, die mich jeden

Morgen ausgesprochen laut mit *«Throughout the Years»* von Kurtis Blow weckt, käme für mich nicht in Frage.

Ich bin nicht schwierig. Wenn man mich so sein lässt, wie ich sein will, ist meine Anwesenheit keine Zumutung, sondern durchaus eine Bereicherung.

19:02

Grundgütiger! Es klingelt an der Tür! Und ich trage meine rosa Puschen mit den Bommeln!

«Hallo?», frage ich resolut in die Sprechanlage, während ich gleichzeitig die Puschen mit einem gezielten Tritt unter die Garderobe kicke, mir den obersten Knopf meines Hemdes aufknöpfe, meinen Rock ein wenig höher ziehe und die Haare hinter die Ohren streiche. Eine rührende Geste angesichts der mir wohlbekannten Tatsache, dass sie da ohnehin nicht lange verweilen werden.

«Hallo? Wer ist da?» Ich höre Stille. Höre Rauschen. Dann höre ich Schritte im Treppenhaus. Ohhh! Er ist schon drin! Irgendein Depp hat mal wieder vergessen, die Tür unten zu schließen. Werde mich bei Frau Zappka beschweren. Immer, wenn ich die Haustür offen lasse, taucht sie urplötzlich auf, um mich zu maßregeln, als täte sie den ganzen Tag nichts anderes, als durch ihren Spion zu glotzen, um mich bei einem Verstoß gegen die Hausordnung zu ertappen.

Es klingelt schon wieder! Herrje! Ich höre, wie sich jemand vor meiner Tür räuspert. Herrje! Ein Mann!

Ich linse vorsichtig durch den Spion. Es ist eigenartig, aber es ist eine Tatsache, dass ich und alle Frauen, die ich kenne, sich nicht vorstellen können, dass man durch Spione wirklich nur in eine Richtung gucken kann. Da gebärden sie sich wie Ureinwohner, die zum ersten Mal einen Blick durch ein Fernglas werfen. Ich zucke also erschrocken zurück, als ich mitten in ein mürrisches Gesicht blicke. Widerwillig öffne ich die Tür.

«Hallo Rüdiger. Was gibt's?»

«Was'n mit dir los?» Rüdiger glotzt mich an, als würde ich eine Gasmaske tragen.

«Was soll los sein?»

«Hast du eins auf die Nase bekommen, oder was?»

Erschrocken taste ich mein Gesicht ab. Wie blöd von mir. Habe vergessen, das ‹Nivea-Anti-Mitesser-Pflaster› von meiner Nase zu entfernen. Jetzt ist es natürlich steinhart geworden. Werde es mit lauwarmem Wasser ablösen müssen.

«Gehst du in die Küche vor? Ich verschwinde mal kurz im Bad.»

Während ich versuche, meine Nase von dem festgetrockneten Pflaster zu befreien, höre ich, wie Rüdiger in der Küche rumort.

Was will der Kerl bloß hier? Er war erst einmal bei mir, als ich mich verpflichtet gefühlt hatte, ihn und Marianne zu meinem Geburtstag einzuladen. Damals hatte er sich abfällig über meine IKEA-Küche geäußert und über meinen Umgang. Bloß weil er der Einzige war, der einen, allerdings schlecht sitzenden, Anzug getragen und Big Jim ihn zu fortgeschrittener Stunde zu einem Schwanzvergleich aufgefordert hatte.

«Nimm dir ein Glas Wein! Steht im Kühlschrank!»

Rüdiger grunzt. Klingt zufrieden.

«Marianne fragt, ob wir dein Klappbett für heute Nacht ausleihen dürfen! Ihre Schwester ist eben überraschend zu Besuch gekommen!»

Autsch! Das Pflaster hat sich wie eine Klette an meiner Nase festgebissen.

«Klar! Das Ding steht auf dem Speicher. Hoffe ich zumindest! Bin gleich so weit!»

«Lass dir Zeit!»

Uuuh. Schmerzen! Ich habe zwar keine Mitesser, aber als aufgeschlossene Frau probiere ich dennoch alle Neuerungen des Kosmetikmarktes aus. Ich halte mich gerne über längere Zeiträume in Parfümerien auf. Zu meinen favorisierten Freizeitbeschäftigungen gehört es, mich von Douglas-Verkäuferinnen demütigen zu lassen. Sehen immer so aus, als hätten sie am Abend eine Einladung zur Oscar-Verleihung. Ich frage mich, wann Douglas-Verkäuferinnen aufstehen müssen, damit sie genug Zeit haben, sich diese perfekte Maske aufs Gesicht zu schminken. Wahrscheinlich kurz nach Mitternacht.

«Soll ich dir auch einen Wein einschenken!?»

«Ja bitte! Ich komme gleich!»

Bei Douglas Make-up zu kaufen ist, als würde man in der Wäscheabteilung von Karstadt von Cindy Crawford bedient. Entmutigend. Entwürdigend. Entsetzlich. Und teuer. Neulich hatte mir eine dieser sorgfältig grundierten, alterslosen Kosmetik-Soldatinnen, die stets ihre Lippen mit einem dunklen Konturstift umrahmen, eine Pflegeserie «Für die reife Haut» angeboten.

«Schauen Sie doch bitte mal in diesen Vergrößerungsspiegel», sagte sie zuckersüß.

Ich will an dieser Stelle eine Warnung aussprechen: Tut es nicht!!! Freundinnen, die ihr über dreißig seid und glaubt, eure Haut sei noch nicht reif. Schaut niemals in einen Vergrößerungsspiegel.

N-i-e-m-a-l-s!

Da tun sich Abgründe auf.

Ich wankte mit zwei schweineteuren winzigen Tiegelchen mit Zellextrakten nach Hause und hatte dort erst mal eine halbe Stunde lang damit zu tun, die hartnäckigen Klebefolien mit der Aufschrift ‹Réparation› zu entfernen. Muss ja nicht jeder, der bei mir aufs Klo geht, gleich Bescheid wissen über den katastrophalen Zustand meiner uralten Epidermis. Ich brauche kein Mitleid.

«So, das wäre geschafft.» Mit rotglänzender, schmerzender Nase betrete ich meine IKEA-Küche, die durch die Anwesenheit von Rüdiger Mohr verschandelt wird. Grinsend und breitbeinig sitzt er auf meinem Küchenstuhl.

Mannomann, jetzt habe ich diesen Typen an der Backe. Hoffentlich hat er nicht vor, lange zu bleiben. Habe Wichtigeres zu tun, als mich mit dem unsympathischen Mann meiner Nachbarin zu langweilen. Ich warte schließlich auf einen Anruf.

Ein Gedanke, der mich sofort sehr unglücklich stimmt. Es ist tatsächlich schon kurz nach sieben!

Rüdiger nimmt einen großen Schluck Wein, als müsse er sich Mut antrinken.

«Wie geht's Marianne?», frage ich blöde.

«Marianne versteht mich nicht.» Rüdiger schaut erst betroffen in sein Weinglas, dann schaut er betroffen in meinen Ausschnitt, der, wie mir siedend heiß einfällt, zu gewagt ist für den unerwarteten und unerwünschten Gast.

«Eh? Wie? Wie meinst du das?» Ich versuche, auch betroffen zu gucken.

«Mich versteht eigentlich immer sowieso keiner.»

Grundgütiger! Auch das noch! Die langweiligsten Leute, die ich kenne, haben eine Beziehungskrise. Verschont mich! Rüdiger hat sonst doch auch nie mit mir geredet. Das war mir sehr angenehm.

«Sie ist schon wieder schwanger.»

«Ich hole dann mal das Klappbett vom Speicher.» Ein Versuch, das Thema zu wechseln.

«Wir brauchen dein Klappbett nicht. War nur ein Vorwand. Marianne versteht mich nicht. Ich musste einfach bloß mit jemandem reden.»

Warum mit mir? Warum ich? Ich will das nicht! Ich verstehe dich doch auch nicht, Rüdiger, du blöder Trottel!

«Es tut mir leid, das zu hören.»

Warum bin ich immer so höflich? Warum sage ich nicht, was ich denke? Aus Höflichkeit habe ich mich schon so verflucht oft in die unangenehmsten Situationen gebracht. Aber ich kann es einfach nicht lassen.

Ich weiß noch, wie mich mein Kollege Ludger Kohlberg fragte, ob ich nicht Lust hätte, nach der Arbeit noch mit ihm was trinken zu gehen. Eigentlich hätte ich ihm antworten müssen, dass ich schon allein die Frage für eine Unverschämtheit hielt. Manche Männer wissen sich einfach nicht einzuordnen. Die sind langweilig, humorlos, unattraktiv und verheiratet und fragen mich, ob ich mit ihnen nach der Arbeit noch was trinken gehen will. Da macht man sich als Frau schon Gedanken, ob man nicht die falschen Signale aussendet.

Herrn Kohlberg sagte ich das alles nicht. Ich sagte ihm, im Prinzip liebend gerne, aber es gehe leider nicht, da ich, wie er ja wisse, jeden Tag mit dem Fahrrad käme, was ausgerechnet heute leider einen Platten habe. Ich sei also sozusagen bewegungsunfähig. Aber ein andermal gerne.

Und was hatte ich davon? Von dieser wohlmeinenden Lüge, die sowohl meine Feigheit als auch sein Ego bediente? Ludger Kohlberg bot mir an, mich samt meinem platten Fahrrad in sein Auto zu laden, zu einem Drink auszufahren und dann nach Hause zu bringen. Was bedeutete, dass ich kurz vor Dienstschluss runterschlich und die Luft aus meinem Rad ließ, um nicht als Lügnerin dazustehen. Nein, Höflichkeit führt zu nichts. Ich muss daran arbeiten.

Rüdiger presst seine nichtvorhandenen Lippen zusammen. Sein Mund sieht gar nicht aus wie ein Mund, fällt mir gerade auf, eher wie eine sich plötzlich auftuende Gesichtsspalte.

Jetzt klingelt es schon wieder!

«Erwartest du Besuch?»

«Ja, äh, nein, nicht wirklich.» Mit Herzklopfen gehe ich zur Tür. Wenn das jetzt Daniel ist ...

Es ist nicht Daniel.

«Ist dieses Arschloch von Ehemann bei dir!?» Marianne wartet die Antwort erst gar nicht ab, sondern stürmt sofort in die Küche. Ich erwäge, die Wohnung zu verlassen. Bleibe dann aber doch. Aus Trotz – ich bin schließlich hier zu Hause – und natürlich aus Neugierde. Ich schließe nicht aus, dass mich das unmittelbare Erleben einer Ehekrise mit meinem erbärmlichen Bin-dreißigdreiviertel-und-warte-auf-seinen-Anruf-Zustand versöhnen könnte.

Interessiert, aber zurückhaltend schlendere ich hinter Marianne her. Drohend hat sie sich vor Rüdiger aufgebaut, sodass ihr ausladendes Becken sein blödes Gesicht ganz verdeckt.

«Rat mal, was er zu mir gesagt hat!?», brüllt sie und dreht sich halb in meine Richtung.

«Keine Ahnung.» Wie kriege ich dieses Paar nur wieder aus meiner Wohnung?

«Rat mal, was mein beschissener Ehemann gesagt hat, als er eben erfuhr, dass ich wieder schwanger bin!?» Marianne kommt jetzt drohend auf mich zu. Himmel nochmal, die Situation wird belastend für mich. Ohne auf meine Antwort zu warten, schreit sie: «Er hat gesagt, ich zitiere wörtlich, hör gut zu, ich zitiere wörtlich, Cora, lass dir das mal auf der Zunge zergehen: ‹Was? Schon wieder? Wie konnte denn das passieren?›»

Ich finde diese Frage einleuchtend und berechtigt, da mich Marianne über ihr dürftiges Sexualleben aufgeklärt hatte. Halte es aber für besser, das nicht zu kommunizieren.

«Der freut sich gar nicht!», schreit Marianne und bricht dann in Tränen aus.

Ich beeile mich, ihr ein Tuch von meiner Küchenrolle abzureißen, froh, etwas Sinnvolles tun zu können, und wende mich dann an Rüdiger.

«Ja, freust du dich denn gar nicht?» Ich versuche, so zu klingen wie meine letzte Therapeutin.

«Doch, doch. Ich freu mich ja», grunzt Rüdiger und verdreht seine Augen gen Decke.

«Rüdiger hat einfach Probleme, seine Emotionen zu zeigen und zu artikulieren», sage ich zu Marianne.

«Pfff. Das kann man wohl sagen. Weißt du, was er gesagt hat!? Rat mal!»

Bin ich hier bei Jeopardy oder was?

«Er hat gesagt, dass er sich zwei Dinge in seinem Leben wesentlich ergreifender vorgestellt habe. Die Geburt seines Sohnes und das Kaufen der Eheringe. Das sei für ihn gewesen, als habe er sich beim Bäcker 'ne Nussecke geholt!»

Zum Glück muss ich nur fast lachen.

«Das sagt die Richtige!», meldet sich jetzt Rüdiger zu Wort. Er springt auf und rennt hektisch auf und ab. «Weißt du noch, was du gesagt hast, als Dennis gerade geboren war! Ich hatte extra einen wichtigen Termin verschoben, um die Nabelschnur durchzuschneiden! Weißt du noch, was du gesagt hast, als ich meinen neugeborenen, erstgeborenen, noch ganz schleimigen Sohn auf den Arm nahm!?» Rüdiger ist jetzt krebsrot angelaufen, was ihm gar nicht gut zu Gesicht steht.

«Ich hab doch nur an dich gedacht», jammert Marianne.

«Du hast gesagt: Pass mit deinem Hemd auf. Pass mit deinem Hemd auf! Das muss man sich mal vorstellen! Nennst du das etwa emotional!?»

Jetzt verfärbt sich Marianne bedrohlich.

«Du willst Emotionen!? Da hast du deine Emotionen!»

Ich besitze ja nicht viel kostbares Porzellan, aber Marianne greift zielsicher nach der Blumenvase, die meine Mutter mir mal von einer Chinareise mitgebracht hatte. Mit enormer Wucht schleudert sie das kostbare Gefäß auf den Küchenboden.

Ich sehe tausend wertvolle Scherben, ich sehe Mariannes Gesicht, leichenblass, ich sehe Rüdigers Gesicht, noch leichenblasser, und ich höre die Türglocke läuten.

19:18

Die Bilanz der letzten halben Stunde kann man nur als katastrophal bezeichnen. Ich habe keine einzige kostbare Vase mehr, dafür zahle ich jetzt Rundfunkgebühren.

Der Mann an der Tür hatte mir einen Ausweis unter die Nase gehalten und irgendwas von öffentlich-rechtlichem Rundfunk gesagt und dass ich sicherlich bloß vergessen hätte, meine gebührenpflichtigen Geräte anzumelden. Trotz der angespannten Situation, dem wildgewordenen Ehepaar, das in diesem Moment meine Küche zerlegte, reagierte ich geistesgegenwärtig.

«Ich habe gar nichts vergessen. Ich habe keine gebührenpflichtigen Geräte. Ich besitze nicht mal einen Radiowecker.» Ich schaute dem Mann fest in die Augen. Ha! Ich war auf Krawall gebürstet. Mit mir nicht.

«Und was ist das da?»

«Was ist was wo?»

Der Rächer des öffentlichen Rundfunks deutete mit überheblicher Geste über meine Schulter hinweg in Richtung Wohnzimmer. Die Tür stand leider offen und gab den Blick frei auf meinen neuen Sony-Großbildfernseher, in dem gerade der ZDF-Nachrichtensprecher das Wetter für morgen verkündete. «Das Hoch Kuno verlagert sich mit seinen westlichen Ausläufern bis in den Norden Deutschlands.»

«Äh.»

«Bitte, unterschreiben Sie hier. Wir werden die Gebühren rückwirkend für zwei Jahre erheben. Ich nehme nicht an, dass Sie das Gerät erst seit gestern haben?»

Ich schüttelte stumm und beschämt den Kopf. Fühlte mich wehrlos, ausgeliefert einer männlichen, von Männern bestimmten Männer-Welt.

Der böse Mann ging, besaß noch die Frechheit, auf der Treppe zu pfeifen, gefolgt von Marianne und Rüdiger.

«Ich werde dir den Schaden ersetzen», sagte sie kleinlaut und drückte mir einen betrüblichen, in Plastik gehüllten Scherbenhaufen in die Hand. Rüdiger sagte gar nichts. Stand bloß daneben und betrachtete interessiert die Maserung meines Parkettbodens.

«Wenn's ein Mädchen wird, könnt ihr es ja Cora nennen,

als kleines Dankeschön für mich», versuchte ich ein auflockerndes Scherzwort zu sprechen.

«Nicht nötig, wir haben eine Haftpflichtversicherung», sagte Rüdiger zu meinem Parkettboden. Ich glaube, Rüdiger nahm es mir persönlich übel, dass ich ihn bei einem Gefühlsausbruch ertappt hatte. Marianne sah mich auch ein wenig konsterniert an. Das hat man davon. Da stellt man seine Küche als Schlachtfeld zur Verfügung und wird dann ganz plötzlich zum gemeinsamen Feindbild der gegnerischen Truppen.

Werde mich jetzt ermattet, wie ich bin, auf mein Zebrasofa schwingen und über mein verpfuschtes Leben grübeln. Könnte damit anfangen, meine Videokassetten alphabetisch zu ordnen.

Oder ich denke mir Kosenamen für Hoden aus. Das bringt mich vielleicht auf andere Gedanken.

Verlorene Eier.

Elmex und Aronal.

Dick und Doof.

Karius und Baktus.

Lachsack.

Kichererbsen.

Bin nicht in Stimmung. Bin unglücklich. Bin so weit, Van Morrison aufzulegen und mich mit ihm meinem Kummer hinzugeben. Draußen scheint immer noch die Sonne. Es ist eine Zumutung. Vom Italiener an der Ecke klingt Stimmengewirr und Gelächter hinauf in mein tristes Dasein. Da sitzen sie jetzt unter bunten Lampions, trinken schlechten Weißwein, essen Lasagne, werfen sich sommerliche Blicke zu und freuen sich auf Sex.

Alle, alle werden im Verlauf dieses Abends Sex haben. Nur ich nicht. Ich werde «Wetten, dass ...?» gucken und nicht ans Telefon gehen, damit meine beste Freundin nicht merkt, dass ich keinen Sex habe, sondern «Wetten, dass ...?» gucke.

Ach, ich liege so brach. Es ist eine Schande um mich.

• • •

Daniel holte mich am Mittwochabend um halb acht ab. Ich war natürlich extrem gespannt auf sein Auto. Ich gehöre schließlich zu der Generation, für die das Auto die erste sturmfreie Bude war. Ich bin, ich sage das nicht ohne Stolz, in einem VW-Bus entjungfert worden. Damit zähle ich sozusagen zur Upper-Class. Denn die meisten meiner Mitschülerinnen hat es in einem Fiat Panda, einem Käfer oder einem R4 erwischt.

Daniel fuhr in einem BMW vor, schwarz, etwa so groß wie mein Badezimmer und mit einer beeindruckenden Anzahl von Schalthebeln ausgestattet.

Sexuell gesehen, kenne ich mich in BMWs nicht aus, und so drückte ich erst einmal auf alle erreichbaren Knöpfe. Neugierdehalber natürlich, aber auch, weil ich weiß, dass Männer es mögen, wenn man ihrem Auto mit Respekt und Bewunderung gegenübertritt.

Autos, Stereoanlagen und Geschlechtsorgane sind Dinge, über die man sich als Frau, einem Mann gegenüber, immer nur lobpreisend äußern sollte.

Ich kletterte also in meinem veilchenblauen Minikleid in die Schalensitze, überhörte kokett sein Kompliment «Du siehst umwerfend aus» und widmete mich sofort demonstrativ der überwältigenden BMW-Technik.

«Oh, darf ich mal da draufdrücken!?», rief ich mädchenhaft begeistert. Woraufhin mein Sitz nach unten schnellte und mich in eine demütigende, sehr niedrige Position brachte, von wo aus ich den Straßenverkehr nur noch mühsam überblicken konnte. Daniel brachte mich wieder auf Augenhöhe und sagte: «Das ist für Leute, die mit Hut fahren wollen. Wenn du mit einer Beifahrerin zum Pferderennen nach Ascot fährst, ist das sehr praktisch.»

«Aha.» Mein Kleid war etwas verrutscht. Was wollte er damit sagen? Dass er schon mehrmals mit einer wohlbehüteten Begleitung nach Ascot gefahren war? Dass er es mag, wenn Frauen Hüte tragen? Dass ihm meine Frisur nicht gefällt? Ich beschloss, mich nicht verunsichern zu lassen, und drückte auf den nächsten Knopf. Nichts geschah.

«Und wofür ist der gut?»

«Wart's ab.»

«Was ist das eigentlich für eine Party?»

«Ein Studienkollege von mir feiert seinen Vierzigsten. Er hat irgendwo außerhalb eine Scheune gemietet und zweihundert Leute eingeladen. Wahrscheinlich größtenteils Mediziner. Ich hoffe, das klingt nicht allzu abschreckend?»

Das klang allerdings abschreckend.

«Überhaupt nicht.» Auf einmal wurde mir ganz seltsam zumute.

«Was ist das?» Vorsichtig schob ich meine Hand unter meinen Po. Mir wurde untenrum so seltsam warm. Ich erinnere mich nur noch dunkel daran, wie es sich anfühlte, als ich das letzte Mal in die Hose gemacht hatte. Aber ich fühlte mich in diesem Moment unschön daran erinnert.

«Du hast die Sitzheizung angemacht.»

«Ah, und ich dachte schon, ich litte unter Blasenschwäche.» Ups. Das war mir so unfein rausgerutscht. Ich traute mich nicht zu gucken, ob Daniel lächelte. Ich wechselte also schnell das Thema.

«Und deine Freundin Carmen? Kommt sie auch zu der Party?» Das war natürlich sehr gewagt und offensiv. Wir hatten nie über Carmen-Ute Koszlowski gesprochen. Aber ich weiß nun mal ganz gern, was auf mich zukommt. Und ich fand, es war an der Zeit herauszufinden, ob der Mann im Schalensitz neben mir ein Mann in festen Händen war.

«Carmen hat heute noch ein Shooting. Sie kommt später, wenn überhaupt.»

Ach was, ein Shooting. Aus unerfindlichen Gründen fühlte ich mich beschissen. Es ist nun mal so, dass sich alle Frauen Frauen unterlegen fühlen, die vorher noch ein Shooting haben.

Ich beschloss, darüber zu schweigen und stattdessen die Fahrt zu genießen. Immerhin hatte Dr. Daniel mich gefragt, ob ich ihn zu der Party begleiten wolle. Und wenn Ute Koszlowski erst später käme, dann würde es für sie möglicherweise zu spät sein. Ich betrachtete versonnen und begehrlich Daniels Unterarm. Ich finde männliche Unterarme erotisch, insbesondere wenn sie die Verlängerung eines BMW-Schaltknüppels darstellen. Ich bin da schlicht gestrickt. Männer verlieren in schlammfarbenen Toyotas einen Gutteil ihrer sexuellen Attraktion.

Ich lehnte mich lasziv zurück, betrachtete die vorbeifliegenden Rapsfelder und genoss die Beschallung von Lloyd Cole.

Lloyd Cole gefällt mir zwar nicht besonders, aber ich bilde

mir ein, die Botschaft zu verstehen, die jemand senden will, indem er Lloyd Cole an einem Sommerabend im BMW spielt.

Und die Botschaft gefällt mir: ‹Ich fuhr nicht immer BMW. Ja, auch ich habe auf befleckten Flokatis gekifft, meine Eltern, die Atomindustrie und Helmut Kohl verachtet. Es ist eher Zufall, dass trotzdem etwas aus mir geworden ist. Und ich schäme mich dafür, dass ich mich jetzt gezwungen sehe, eine Putzfrau zu beschäftigen und FDP zu wählen.›

Oooohhh! Es geht mir ja so gut! Ich sitze neben einem schmucken Akademiker, er trägt schwarze Jeans und ein weißes Hemd, lächelt hin und wieder zu mir rüber, die Abendsonne scheint in den selbstverständlich mit Schiebedach ausgestatteten Wagen. Und Lloyd singt:

«Are you ready to be heartbroken.»

Ja! Herz brechen! Die eine Hälfte verschenken! Verlieben! Ich könnte so um die ganze Welt fahren!

«You say you're so happy now. You can hardly stand.»

Stimmt. Fühlt sich immer noch an wie mit fünfzehn.

«Are you ready to be heartbroken.»

Daniel legte seine Hand auf meine. Uuhh. Das ist besser als die meisten Orgasmen, die ich in letzter Zeit so erlebt habe.

Bin Teenager! Könnte jetzt giggelnd Piña Colada trinken, auf Tischen tanzen, Overknees tragen, mir einen Schönheitsfleck auf die rechte Wange malen und mich für unwiderstehlich halten. Mmmh.

«Are you ready to bleed?»

«Aufwachen, Cora Hübsch! Wir sind da.»

Gleichzeitig mit Lloyd Cole verstummte der Motor.

«Also, wenn das hier eine Scheune sein soll, dann möcht ich nicht wissen, als was die mein Wohnzimmer bezeichnen würden.» Ich hatte mich bei Daniel untergehakt, und wir gingen auf eine Art ländlichen Holzpalast zu.

«Michael ist Schönheitschirurg. Die verdienen gut.»

Oh, Schönheitschirurg. Das war mir irgendwie unangenehm und erinnerte mich an eine Essenseinladung vor ein paar Wochen.

Da hatte ich neben einem Friseur gesessen und mich sehr unwohl gefühlt. Ständig hatte ich das Gefühl, dass sein fachmännischer Blick angewidert auf meinen verstrubbelten Haaren ruhte und er sich zurückhalten musste, mich nicht gleich an Ort und Stelle, mit Messer und Gabel, zu frisieren.

«Und Michael ist das Geburtstagskind? Haben wir eigentlich ein Geschenk?»

«Schon in Ordnung. Ich habe mich an irgendwas beteiligt, ich habe allerdings keine Ahnung woran.»

Nun ja, so sind Männer, wenn sie männlich sind und keine Frau haben. Männer sind keine versierten Schenker, meist vergessen sie ja sogar den Anlass, zu dem sie jemanden beschenken sollen. Die nettesten Präsente, die die Mütter meiner Ex-Freunde bekamen, gingen immer auf meine Initiative zurück.

Von innen sah die angebliche Scheune noch beeindruckender aus als von außen. Der riesige Raum war mit Hunderten von Lichterketten geschmückt, die von den uralten Deckenbalken hingen. Rechts war eine Bar aufgebaut, links ein gigantisches Büfett. Dazwischen, um eine Tanzfläche herum, befanden sich Dutzende von weißen Stehtischen.

Sobald wir eintraten, stürzte ein Kellner auf uns zu und drängte uns ein Glas Champagner auf.

«Auf dein Wohl», sagte ich und bemühte mich um ein verführerisches Lächeln. «Vielen Dank für die Einladung. Und, falls ich's später vergessen sollte zu sagen: Ich hatte einen wunderschönen Abend.»

Ich erhob mein Glas und betete, dass Daniel nie den Film ‹Pretty Woman› gesehen hatte. Habe seither immer auf eine passende Gelegenheit gewartet, es mal anzubringen. Daniel lächelte geschmeichelt. Glück gehabt. Einmal hatte ich, ich war angeheitert, man möge mir also verzeihen, zu jemandem gesagt: «Ich habe ein Gespür fürs Geschäft und einen Körper für die Sünde.» Der Jemand antwortete: «Melanie Griffith zu Harrison Ford in ‹Die Waffen der Frauen›. Habe ich auch gesehen. Guter Film.» Ja, das war blöd, mündete aber immerhin in eine angeregte Unterhaltung über berühmte Sequenzen aus berühmten Filmen.

«Auf unser Wohl», sagte Daniel. «Ich werde es sicher nicht vergessen zu sagen, aber ich sag's jetzt schon mal: Ich hatte auch einen wunderschönen Abend.»

Ich trank einen Schluck und grinste verlegen in die Weite des Raumes. Kann meinem Gegenüber in solchen Momenten immer schlecht in die Augen blicken. Zumindest dann nicht, wenn mir wirklich was an diesem Gegenüber liegt.

Um die Situation zu entkrampfen, suchte ich die Toilette auf, zog mir die Lippen nach und sinnierte über die große Ungerechtigkeit, dass mich mein durchaus vorhandenes Selbstbewusstsein immer in den entscheidendsten Momenten verlässt. Deswegen sind es meist Volltrottel, die mir zu Füßen liegen. Die können mich nicht einschüchtern. Die

beeindrucke ich mit Witz, Ironie und Schlagfertigkeit. Also wirklich, ich habe schon Verehrer gehabt, die mir selbst peinlich waren.

«Na dann, stürzen wir uns also ins Getümmel», sagte Daniel, als ich zurückkam.

In diesem Moment stürzte sich das Getümmel auf uns. Ein johlender Pulk, angeführt von einem menschlichen Kugelblitz, schwenkte auf uns zu.

«Wie schön, dass du da bist!», rief der Kugelblitz und schloss Daniel in seine kurzen Ärmchen.

«Michael, vielen Dank für die Einladung und herzlichen Glückwunsch zum Geburtstag.» Daniel griff nach meinem Arm und zog mich zu den beiden heran.

«Darf ich dir Cora vorstellen? Michael Hinz. Cora Hübsch.

Und sag jetzt bloß nicht ‹Wie hübsch›. Über den Witz lacht sie nicht mehr.»

«Keine Sorge. Hallo Cora. Herzlich willkommen. Hübsch wäre ja auch wirklich eine beleidigende Untertreibung.»

«Oh, danke», sagte ich. «Ich weiß ein Kompliment aus berufenem Munde zu schätzen.»

«Ach, hat dich Daniel schon aufgeklärt? Ich weiß, ich sehe nicht aus wie ein Schönheitschirurg, eher wie einer, der dringend zum Schönheitschirurgen müsste!» Michael quietschte vor Vergnügen.

Netter Mann. So selbstironisch. Ich bin auch selbstironisch. Na ja, ich war's zumindest, bis mich die Anwesenheit von Dr. Daniel Hofmann zur Dumpfbacke mutieren ließ.

«Was ist denn mit Carmen? Kommt sie noch?», fragte Michael.

«Vielleicht später. Sie hat noch ein Shooting.»

So, damit war mir die Laune zum zweiten Mal gründlich verdorben. Aber ich lächelte tapfer und herzlich, als wäre von einer meiner besten Freundinnen die Rede.

«Ach herrje, diese Filmstars», sagte Michael und zuckte die Schultern. «Mein Typ ist sie ja nicht. Viel zu dünn, kann man nix mehr von absaugen. Da gefällst du mir viiiiel besser.» Er schaute mich freundlich und begehrlich an, als würde er im Geiste schon ein Schnittmuster auf meinen Körper zeichnen. Ich glaube, er hatte es noch nicht mal böse gemeint, dennoch fragte ich mich den ganzen Abend, ob Veilchenblau dick macht und ob ich nicht doch lieber was Schwarzes hätte anziehen sollen.

Aber es war trotzdem ein nettes Fest. Eine sturzbetrunkene Kollegin von Daniel zwang mich, mit ihr Brüderschaft zu trinken, schrie dabei «Wir Schwestern müssen zusammenhalten» und küsste mich anschließend auf den Mund.

Clarissa war, wie mir Daniel zuraunte, vor drei Wochen von ihrem Freund verlassen worden. Angeblich, weil er fand, dass die Routine in ihrer Beziehung die Oberhand gewonnen habe. Eine Woche später hatte Clarissa ihn händchenhaltend mit einer stämmigen Brünetten im Park gesehen.

«Das ist bitter», sagte ich bestürzt. «Wenn die Neue wenigstens dürr und blond gewesen wäre. Aber wegen einer Stämmigen verlassen zu werden – das passt ja in kein Klischee und ist somit wirklich verletzend.»

Daniel schaute mich belustigt an und küsste mich ohne Vorwarnung.

«Du schmeckst lecker», sagte er.

«Nach Gauloises légères», korrigierte ich. Ich hatte gerade erst aufgeraucht. Als Raucherin wird man nicht gerne spontan von einem Nichtraucher geküsst. Immerhin hatte ich aber darauf geachtet, in den letzten Tagen keinen Knoblauch zu mir zu nehmen. Die Geschichte, die Jo mir erzählt hatte, war mir eine Warnung gewesen. Kurzfristig war sie neulich an einem Sonntagabend von einem leckeren Kollegen aus der Werbeabteilung ins Kino eingeladen worden. Am Abend vorher war sie beim Griechen gewesen und stank nach Knoblauch wie Ilja Rogoff persönlich. Durch die halbe Stadt war sie gekurvt, um eine geöffnete Apotheke zu finden. Und war sich schrecklich dämlich vorgekommen, den Notdienstler um ein wirksames Mittel gegen Mundgeruch anzuflehen.

«Was hältst du davon, wenn wir die Party jetzt verlassen und noch einen Absacker auf meiner Dachterrasse nehmen?» Ich meinte, einen leicht anzüglichen Ton aus Daniels

Worten herauszuhören, zumal er sie direkt in mein Ohr flüsterte. Ich nickte lässig. Auf der Heimfahrt knutschten wir an jeder roten Ampel und hörten R. Kelly:

«Baby, we both sittin' here.
We need to get somewhere private, just you an' me.
Throw your underwear on the wall.
Who's the greatest lover of them all?
Who makes your love come down like waterfalls?
I thought you knew. Come on Baby, let's do this.»
Mmmmh. Yeah.

19:34

Telefon!

Ich geh nicht dran. Ich geh nicht dran. Das wird Jo sein, und sie wird mit mir schimpfen. Aber wenn es Daniel ist? Was, wenn er nicht auf Band spricht? Ich muss es wagen.

«Hübsch?»

«Hallo! Gleich fängt ‹Wetten, dass ...?› an. Guckst du auch? Dachte, ich ruf dich vorher noch kurz an.»

«Hallo Mama.»

«Kind, wie geht's dir? Warum bist du nicht unterwegs bei dem herrlichen Wetter? Papa und ich haben heute eine wunderbare Radtour gemacht. Papa hat richtig Farbe im Gesicht bekommen. Aber du weißt ja, der wird braun, wenn er die Sonne bloß von weitem sieht.»

«Ach, ich ...»

«Hast du schon von Stefanie gehört?»

«Nein, was?»

«Deine Cousine hat gestern Abend ihr Kind bekommen! Ein Junge! Was sagst du dazu?»

«Ich wusste gar nicht, dass sie schwanger war.»

«Natürlich wusstest du das, Kind. Ich hab's dir doch erzählt. Du interessierst dich einfach nicht für deine Familie.»

«Ach Mama.»

«Doch. Na egal. Jedenfalls ist die Geburt ohne Komplikationen verlaufen. Kam rausgeschossen wie ein Sektkorken, der kleine Junge. Ganz anders als bei dir damals.»

«Mmmh.» Bitte nicht das. Die Geschichte muss ich mir bei jedem Familienfest anhören. Wie mich der Arzt, weil ich so ein dickes Baby war, mit der Saugglocke holen musste. Und dass ich ganz viele Haare auf dem Kopf hatte, sodass die Hebamme sagte: «Tja, manche kommen auf die Welt und müssen gleich zum Friseur.»

Jedes Mal, wenn meine Mutter von meiner Geburt erzählt, werde ich hundert Gramm schwerer und dauern die Wehen eine Stunde länger. Einmal, als es mir wirklich zu bunt wurde, habe ich ihr gesagt, sie solle sich nicht so anstellen. Ich hätte von einer befreundeten Hebamme gehört, wenn man ein Kind bekomme, sei es so, als kacke man die dickste Wurst seines Lebens. Das hat sie wirklich gesagt, und ich fand es recht anschaulich.

Meine Mutter war tödlich beleidigt, schwieg einen Moment lang und sagte: «Ich hätte dich nie ermuntern sollen zu sprechen.»

Seither verkneife ich mir solche Kommentare.

«Stefanie ist achtundzwanzig. Und das ist ihr zweites Kind.» Ich hörte den vorwurfsvollen Ton in ihrer Stimme.

Ich hasse es, dass alle weiblichen Wesen in meiner weitverzweigten Familie ständig werfen. Das setzt mich unter Druck.

«Meine Nachbarin ist auch gerade wieder schwanger», sagte ich.

«Siehst du.»

«Sie war eben mit ihrem Mann bei mir. Sie haben sich furchtbar gestritten. Sie hat sogar eine Vase vor Wut zerschmissen.»

«Doch nicht etwa die, die ich dir aus China mitgebracht habe!?»

«Äh, nein. Eine andere.» Gute Güte, wie kann ich nur so blöde sein? Hätte ich nichts gesagt, die fehlende Vase wäre ihr niemals aufgefallen.

«So, Kind, ich muss Schluss machen. Papa will noch was essen. Wir wollen nächste Woche mal bei dir vorbeischauen. Sag uns einfach, wann's dir passt. Tschühüss.»

Auch das noch. Woher bekomme ich eine neue Vase? Woher nehme ich die Zeit, meine Wohnung bis dahin gründlich zu reinigen? Sonst verbringt meine Mutter wieder die Hälfte der Zeit damit, die Küchenschränke von innen mit Essigwasser auszuwischen und die diversen Kosmetikartikel im Bad nach Sachgebieten zu ordnen. Und meine Putzfrau ist schwanger und geht nach Polen zurück. Werde jetzt Wäsche aufhängen und dann bügeln. Beides beruhigende, meditative Tätigkeiten, die Demut und Sorgfalt erfordern.

Ist es eigentlich normal, sich mit seiner Bügelwäsche zu unterhalten? Ich habe nie darüber nachgedacht. Aber heute Abend ist ein Abend, an dem ich selbst an meinen gewöhnlichsten Eigenschaften zweifle.

Diesmal hatte ich die Gelegenheit und die Gelassenheit, mir Daniels Wohnung genauer anzuschauen. Besonders die Küche, während er den Wein entkorkte, und das Bad, während ich mir hurtig im Waschbecken die Füße wusch.

Erleichtert stellte ich in beiden Räumen eine ausgewogene Mischung zwischen Reinlichkeit und Sünde fest. Im Kühlschrank konnte ich einen Blick auf zwei Tafeln Kinderschokolade, eine Flasche Wodka im Eisfach und drei Gläser rechtsdrehenden Joghurt erhaschen. Auf dem Küchentisch stand eine Schale mit Obst, daneben der Aschenbecher für Gäste, und glücklicherweise sah ich nirgends eine Getreidemühle.

Auch das Badezimmer entsprach meinen Vorstellungen vom Badezimmer eines vielversprechenden Mannes. Eine Dose Niveacreme und daneben ‹Envy› von Gucci. Eine Zahnbürste, die nicht aussah, als hätte er damit schon seine Milchzähne geputzt, ein Rasierpinsel aus echtem Dachshaar und daneben das altvertraute Pärchen: Elmex und Aronal. Puh.

Ich sage immer: Mädels, wenn ihr im Bad Davidoffs ‹Cool Water› oder Alpecin Forte oder eine Nagelfeile im Zahnputzbecher seht, dann nix wie weg. Dasselbe gilt für schwarze Satinbettwäsche und Topfpflanzen im Schlafraum, alphabetisch geordnete Videokassetten im Wohnzimmer, Trockenblumen in der Küche und ein Schlüsselbrett im Flur.

Kerzenschein auf Dachterrasse. Gutgekühlter Weißwein, warme Luft. Muss ich mehr sagen? Es war perfekt. Wir unterhielten uns noch ein wenig über die Party, fummelten dabei ein bisschen aneinander rum, bis ich mich schließlich, es war ein erhebender, außergewöhnlicher Moment, ins Schlafzimmer tragen ließ.

Ja, ich sagte: tragen! Das hatte es in meinem bisherigen Liebesleben noch nie gegeben. Normalerweise weigere ich mich strikt, diese romantisch gemeinte Prozedur über mich ergehen zu lassen. Die Gründe dafür liegen wohl auf der Hand. Aber Daniel erschien mir kräftig genug, um mich leicht zu finden.

Ich glaube, ich kann ohne Übertreibung sagen, dass ich in meinem Leben noch keinen besseren Sex hatte.

Meiner Erfahrung nach ist das erste Mal sonst immer nur deswegen aufregend, weil es das erste Mal ist. Der Reiz des Neuen lässt einen über diverse Unstimmigkeiten, was die Choreographie betrifft, hinwegsehen. Da lässt man dann schon mal Dinge mit sich machen, die man bei klarem Verstand und spätestens beim dritten Mal schon im Keim zu ersticken weiß.

Aus naheliegenden und bereits erwähnten Gründen hasse ich es zum Beispiel, wenn man sich eingehend mit meinen Füßen beschäftigt. Ich bin auch keine Freundin von Zungen, die sich in meine Ohrmuschel bohren, oder Kopulationsstellungen, die mehr als eine durchschnittliche Gelenkigkeit voraussetzen.

Schlimm sind auch die, Jo nennt sie «Betroffenheits-Bumser», die immer noch glauben, sie hätten es auch im Bett mit einer emanzipierten Frau zu tun. Die wollen dir einfach alles recht und bloß nichts falsch machen, dass sie darüber völlig

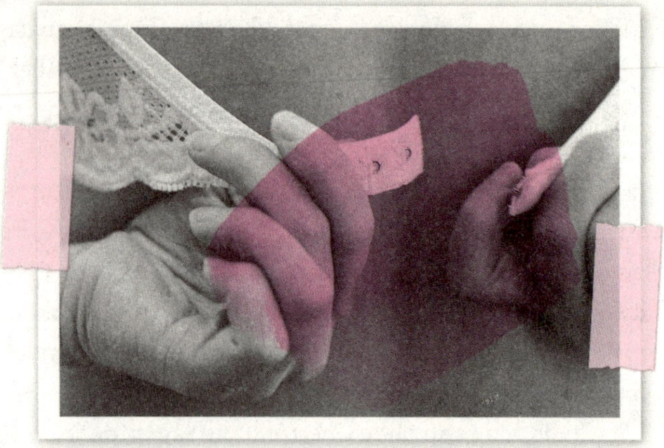

vergessen, dass der Geschlechtsverkehr ein Akt ist, der auch ihrem eigenen Lustgewinn dienen sollte.

Auf der anderen Seite der Skala unerwünschter Beischläfer sind die Ego-Rammler, die sich hingegen überhaupt nicht für die seelische und körperliche Beschaffenheit ihrer Partnerin interessieren. Und einem womöglich kurz vor Schluss ein herzhaftes ‹Chica› ins Ohr raunen. ‹Chica› ist, glaube ich, spanisch und heißt so viel wie ‹geile Schnitte›. So was mag man einem Spanier verzeihen. Aber auch nur im Urlaub.

Ich sag ja immer, dass der Königsweg in der Mitte liegt. Und das tat er in diesem Fall.

Es war wie ... wie ... der erste Schluck Champagner nach langer Abstinenz ... wie am ersten Urlaubstag jubelnd mit Kleidern ins Meer rennen ... wie ins Bett gehen, wenn man müde ist ... wie hellwach aufstehen ... wie Tiramisu nach einem guten Essen.

Ich will an dieser Stelle nicht ins Detail gehen. Wobei Detail sowieso das falsche Wort ist.

Gegen vier Uhr morgens kehrte Ruhe ein in Dr. Hofmanns Schlafzimmer. Ich betrachtete Daniels Schlaf und war überhaupt nicht müde. Sex wirkt auf mich immer sehr anregend. Ich bekomme grundsätzlich Hunger und Lust, meine Steuererklärung zu machen oder den Backofen zu reinigen. Während ich also tatendurstig dalag, überlegte ich, welches Verhalten ich nun an den Tag legen sollte.

An Einschlafen war nicht zu denken. Und an Aufwachen schon gar nicht. Ich war froh, dass ich nicht sehen konnte, wie ich aussah. Aber ich konnte es mir lebhaft vorstellen. Meine Wimperntusche war sicherlich über meinen ganzen Körper verteilt, mein Gesicht rot gefleckt, und meine Haare fühlten sich an, als hätten sie gar nichts mehr mit meinem Kopf zu tun und wollten demnächst auswandern.

Mein Bedürfnis, in diesem Zustand nicht neben dem Mann meiner Träume im unerbittlichen Tageslicht aufzuwachen, deckte sich wunderbar mit meinem Bedürfnis, lässig zu wirken. Also stand ich leise auf. Aufs Kopfkissen legte ich einen Zettel: «Hab's ja geahnt: Es war ein wunderschöner Abend. Vielen Dank.» Dann zog ich mich an und schlich hinaus.

Ich war natürlich heilfroh, dass die Haustür unten nicht abgeschlossen war. Sascha hatte mal zwei Stunden im Treppenhaus gewartet, als er am frühen Morgen aus einem fremden Bett getürmt war, bis der erste Bewohner das Haus verließ.

Ich trat auf die Straße, atmete tief durch und ging zu Fuß nach Hause. In einen neuen Tag und, wie mir schien, in ein neues Leben hinein.

20:01

«Jo?»

«Hallo! Wollte dich auch gerade anrufen. Was ist denn mit dir los? Du klingst lausig.»

«Jo, ich hab's ja sooo satt. Ich werde ihn jetzt anrufen.»

«So schlimm?»

«Mmmmh.»

«Und warum rufst du mich vorher an? Soll ich dir meinen Segen geben oder versuchen, dich davon abzuhalten?»

«Weiß nicht.»

«Hör zu. Es gibt nur einen einzigen Grund, einen Mann in dieser Situation anzurufen.»

«Welchen denn?»

«Wenn du wirklich nicht anders kannst.»

«Verstehe. Ich meld mich gleich wieder bei dir.»

20:03

«Jo?»

«Und?»

«Er war nicht da.»

«Hast du ihm aufs Band gesprochen?»

«Nee, natürlich nicht. Dann wüsste er ja, dass ich angerufen habe.»

«Cora?»

«Mmmmh?»

«Du hast 'nen Knall.»

22:05

Habe gerade Jo verabschiedet. Um halb neun war sie einfach vorbeigekommen, hatte resolut den Fernseher ausgemacht und gesagt: «Wir werden jetzt Spaß haben, ob du willst oder nicht.» Dann hatte sie Spaghetti aufgesetzt und die mitgebrachte Champagnerflasche entkorkt.

Ach, ich liebe meine Freundin. Es gelingt ihr immer wieder, mir den Eindruck zu vermitteln, ich sei in Ordnung, so wie ich bin. Wir haben Udo Jürgens gehört.

«Ich war noch niemals in New York, ich war noch niemals richtig frei, einmal verrückt sein und aus allen Zwängen flieh'n.»

Wir waren in der Laune, uns an eine schicke Hotelbar zu setzen und dort elf Vertreter für Bettpfannen zu unterhalten und auf dem Tresen tanzen zu lassen. Leider muss Jo morgen früh raus. Also beschränkten wir uns darauf, Paare zu bedauern und uns zu gut für die Männer zu finden.

«Was erwartest du?», sagte Jo. «Wenn du einem Biertrinker zehn verschiedene Sorten Champagner vorsetzt, was glaubst du, für welchen er sich entscheidet?»

«Weiß nich.»

«Für den, bei dem der Korken am leichtesten aufgeht.» Jo lachte sich kaputt. Ich lachte mich auch kaputt.

«Die meisten Paare sind doch bloß deshalb zusammen, weil sie die Hoffnung aufgegeben haben, jemand Besseres zu finden. Oder sie überbrücken zu zweit die Zeit, bis einer von beiden jemand Besseres kennenlernt.»

Ich nickte getröstet. Das tat gut. Obschon es wahrscheinlich nicht die vollkommene Wahrheit war.

«Und die anderen, Cora, seien wir ehrlich, befinden sich

in einer permanenten Beziehungskrise. Und halten das auch noch für ein Zeichen von Stabilität.»

Es ist immer wieder interessant, die Frage zu erörtern, welche Daseinsform einem eigentlich mehr Probleme bereitet, die der gebundenen oder die der ungebundenen Frau.

«Wenn du einen hast, dann musst du zumindest keinen mehr suchen», sage ich weise.

«Vorausgesetzt, du hast den Richtigen. Aber selbst mit dem Richtigen wird es nach ein paar Jahren so langweilig, dass du wieder anfängst, dich umzuschauen. Dann hast du wieder dasselbe Problem, als wärest du Single, bloß dass du eben nicht mehr Single bist. Also hast du dann ein Problem mehr.»

«Ich möchte mich aber lieber zu zweit langweilen als alleine. Außerdem ist langweilig das falsche Wort. Vertraut gefällt mir besser. Und mit jemandem vertraut zu sein ist wunderschön.»

«Nein, sich jemanden vertraut zu machen ist wunderschön. Jemanden zu entdecken ist wunderschön, sich von jemandem entdecken zu lassen ist wunderschön.»

«Nichts mehr zu entdecken ist auch wunderschön. Dann ist man wenigstens vor unliebsamen Überraschungen sicher. Du kennst seine kleinen Macken, du machst nicht mehr die Tür zu, wenn du dir im Bad die Zähne mit Zahnseide reinigst ...»

«Ja, und irgendwann geht ihr zusammen aufs Klo, und du drückst ihm die Pickel auf dem Rücken aus. Und von da aus ist es nur noch ein kleiner Schritt, bis du ihn ‹Vatti› nennst und ihm das Schnitzel in mundgerechte Teile schneidest. Cora, ich sage dir, Vertrauen ist gut, Selbstkontrolle ist besser. Wenn es irgendwann so weit gekommen ist, dass er dir die Fußnägel schneidet, ist das der Anfang vom Ende.»

«Ich würde mir nie von Daniel die Fußnägel ...»

«Okay, das war in deinem Fall vielleicht ein schlechtes Beispiel. Du würdest ja sogar bei der Pediküre vor lauter Scham einen falschen Namen angeben.»

«Ich würde niemals zur Pediküre gehen. Ich leide ja schon beim Friseur Höllenqualen. Er begrüßt mich immer mit demselben Satz: ‹Schätzchen! Du siehst verheerend aus!›

Und wenn ich nach zwei Stunden rauskomme, sehe ich meistens genauso aus wie vorher, und es fällt niemandem auf, dass ich dafür 120 Mark ausgegeben habe.»

«Das stimmt doch gar nicht. Weißt du noch, als du bei Maurice warst?»

«Du meinst die Nummer mit den Lichtreflexen? Die haben 220 Mark gekostet. Und mein Chef hat mich am nächsten Tag in der Graphikkonferenz minutenlang angestarrt und schließlich gesagt: ‹Den können Sie verklagen.›»

Jo lachte sich schon wieder kaputt. Und warf ihre lange blonde Mähne nach hinten. Wenn sie nicht meine beste Freundin wäre, würde ich sie hassen.

«Weißt du, Jo, was ich mir am allermeisten wünsche?»

«Was'n?»

«Ich wünsche mir, dass jemand ‹meine Liebste› zu mir sagt.» Ich nahm noch einen Schluck. War plötzlich sentimental. «Hat zu dir schon mal jemand ‹meine Liebste› gesagt?»

«Nein. Ich weiß, was du meinst. So was sagen sie nicht. Sie sagen Schatz oder Maus oder Schatzi oder Mausi. Irgendwie kapieren Männer nicht den Unterschied zwischen der Art von Schlichtheit, in der die wahre Größe liegt, und der Art von Schlichtheit, in der die wahre Größe nicht liegt.»

«Mmmmh.»

Wir schwiegen versonnen. Ob Daniel jemals meine Liebste zu mir sagen würde? Nun, in seinem Fall wäre ich ja sogar mit Mausi zufrieden. Außerdem wäre es ein schöner Anfang, wenn er mich mal anrufen würde.

«Vergiss es, Cora, er wird es nicht sagen. Das ist zu viel verlangt. Sei froh, wenn er dich überhaupt anruft.»

Jo und ich beschlossen, auf der Stelle etwas für unsere Gesundheit zu tun, und legten ein Problemzonen-Gymnastik-Video mit Franzi van Almsick ein. Die Kassette hatte mir Big Jim zu meinem Dreißigsten geschenkt, und ich hatte so getan, als würde ich mich freuen. Dafür hatte ich ihm zu seinem letzten Geburtstag drei sündhaft teure Viagras überreicht. Und er hat auch so getan, als würde er sich freuen.

Aber das Turnen mit Franzi hat nicht viel Spaß gemacht. Was unter anderem daran lag, dass Franzi so aussah, als würde es ihr nicht viel Spaß machen. Die sieht sowieso so aus, als würde ihr überhaupt nichts viel Spaß machen. Das kommt davon, wenn man in jungen Jahren schon so viel Erfolg hat. Bin sehr froh, dass mir dieses Schicksal erspart geblieben ist.

Jo legte eine CD ein, und wir tanzten Salsa zu ‹Best of Salsa› und grölten mit, obschon wir kein Wort Spanisch können.

«*Equando semare passa, e la begra pur massa! Essa negra sankta camera equo como loko!!!*»

«Wir müssen uns damit abfinden!», schrie ich.

«Womit'n?»

«Dass der Himmel meistens voller Arschgeigen hängt!»

Jo brach prustend auf dem Sofa zusammen. Dennoch gelang es ihr, gleichzeitig ihr Glas zu einem Toast zu erheben.

«Auf Dr. Daniel Hofmann! Die Aaaschgeige! Er ahnt ja gar nicht, was ihm durch die Lappen geht! Dieser Depp! Wenn er dich nicht will, ist er nicht gut genug für dich!»

«Aaschgeige!»

«Sackgesiicht!»

«Aaschgeige!»

«Sackgesiiicht!»

«Aaaaaschgeige!»

«Sackgesiiiicht!»

«Jo?»

«Was'n?»

«Ich bin verliebt.»

«Ich weiß.»

22:20

Ich kann nicht glauben, dass er nicht angerufen hat. Bin in tiefste Selbstzweifel verstrickt. Was habe ich bloß falsch gemacht? Ich war lässig, ich war verführerisch. Eine aparte Mischung aus Zurückhaltung und Lüsternheit. Habe mich vorbildhaft verhalten, könnte in jedem Ratgeberbuch ‹So verhalten Sie sich korrekt, wenn Sie Ihrem Traummann begegnen› die Erfolgsstory der Cora H. erzählen. Mit dem kleinen Makel, dass der Erfolg ausgeblieben ist. Irgendwie hatte ich den Eindruck, ich hätte ihm gefallen.

22:25

Meiner Meinung nach teilen sich Menschen in zwei Gruppen auf: in solche, die einem sagen, wenn man was zwischen den Zähnen hat, und solche, die es einem nicht sagen.

Keine Ahnung, wie ich jetzt darauf komme. Ist ja auch egal.

22:26

Ich geh ins Bett. Kann die Anwesenheit dieser lauen Sommernacht nicht länger ertragen. ‹Schlaf mal drüber›, würde meine Mutter jetzt sagen. ‹Nachts sind alle Katzen grau. Morgen sieht die Welt schon wieder ganz anders aus.› Habe allerdings die Befürchtung, dass die Welt morgen nicht ganz anders aussehen wird. Gute Nacht.

22:30

Hab's mir anders überlegt. Bin gar nicht müde. Stehe im Nachthemd auf dem Balkon und schaue betrübt auf meinen Weihnachtsbaum. Ich kann dieses Mahnmal meiner letzten gescheiterten Beziehung nicht länger um mich haben. Werde ihn jetzt sofort entsorgen. Zum Park ist es nicht weit, und ein bisschen frische Luft wird mir guttun.

23:05

Ich bin die dämlichste, unattraktivste Kuh, die dümmste Nuss, die ich jemals kennengelernt habe. Diese Erkenntnis habe ich innerhalb der vergangenen dreißig Minuten dank eines vertrockneten Nadelbaumes gewonnen. Das geschah folgendermaßen:

Ich ließ also, wie jedes Jahr im Spätsommer oder Frühherbst, vorsichtig den Weihnachtsbaum von meinem Balkon im ersten Stock hinunter auf den Gehweg. Ich tauschte schnell mein Nachthemd gegen ein ehemals blaues, jetzt blassgrau-verwaschenes Sommerkleid und lief runter zu meinem Baum. Übrigens barfuß. Ich finde, wenn man sommernachts ohne Schuhe, einen Tannenbaum hinter sich herschleifend, durch die Straße geht, hat das so was ganz Eigenes. So was Besonderes. Manche würden es womöglich für besonders bescheuert halten. Bin mir da aber nicht sicher. Ich finde es besonders interessant und exzentrisch.

‹Nackte Füße auf nacktem Asphalt.› So könnte eigentlich auch ein Dreiteiler bei RTL heißen, in dem es um eine glutäugige Schöne geht, die sich im Dschungel einer ihr unbekannten Großstadt auf die Suche nach ihrem Vater macht, der von Schuften verschleppt wurde, die versuchen wollen, ihm das Geheimnis zu entlocken, wo er die Mikrofilme, die ihm seine Frau, eine Spionin mit tarnender bürgerlicher Existenz, auf dem Sterbebett zugesteckt hat.

Wenn alle Stricke reißen, kann ich immer noch Drehbuchautorin werden.

Stolz und exzentrisch zog ich den Weihnachtsbaum hinter mir her, eine deutliche Spur aus vertrockneten Tannennadeln zurücklassend. Ich begegnete niemandem auf dem Weg zum Park. Aber mir war sowieso alles egal. Ich hatte mit meinem Leben abgeschlossen. Sollten sie doch lachen, sollten sie mich doch verspotten. Ich hatte Schlimmeres ertragen müssen.

Dass es allerdings noch schlimmer kommen würde, erfuhr ich, als ich in den schmalen, spärlich beleuchteten Weg einbog, der von der Straße zum Park und von dort aus in ein kleines Tannenwäldchen führte, wo ich mein schütteres Bäumchen dezent zwischen seinen Artgenossen beerdigen wollte.

Mittlerweile gibt es dort schon einen regelrechten Friedhof für ausrangierte Weihnachtsbäume. Denn ich lebe seit etwa zehn Jahren in dieser Gegend.

Ich marschierte den schwummerigen Pfad entlang, als

mir ein Paar entgegenkam. Arm in Arm, sich leise unterhaltend, wie sich das gehört. Um mir ihren Anblick zu ersparen und ihnen meinen, hob ich den Baum an, sodass seine kümmerliche, nackte Spitze ein wenig mein Gesicht verdeckte. Ich hätte auch lieber einen Mann statt einer Tanne im Arm gehabt. Aber was nicht ist, das ist nicht. Man muss das Beste draus machen. Mit gesenktem Blick stapfte ich weiter, war schon halb an den beiden vorbei, als mich eine Stimme wie ein Donnerschlag traf.

«Cora?»

Ich lugte hinter meinem Baum hervor. Und erstarrte. Wo war das sich auftuende Loch im Erdboden, um mich gnädig zu verschlucken? Man möge sich an dieser Stelle bitte noch einmal mein Erscheinungsbild in Erinnerung rufen: Ich stehe nachts barfuß, mit einem schäbigen Kleidchen in einem Park, mit einem Tannenbaum-Gerippe in der rechten Hand, an dem noch Lamettareste hängen und das mein schamrotes Gesicht nur unzureichend verdeckt. Ich tat das Einzige, was man in so einer Situation tun kann. Ich tat, als sei nix.

«Ach, hallo Daniel! Wie geht's?» Ich schaffte es sogar, Ute Koszlowski schmallippig anzulächeln. Die glotzte mich an, als sei ich eine Frau, die mitten im Sommer einen Weihnachtsbaum im Arm hat.

«Äh, danke, gut.» Daniel nahm hastig seinen Arm von Utes abstoßend schmalen Schultern.

Bloß nichts anmerken lassen! Cool bleiben. Nicht durchdrehen. Ehe einer von den beiden auch nur irgendetwas sagen konnte, nickte ich freundlich.

«Tja dann, schönen Abend noch», rief ich fröhlich und

setzte meinen Weg fort, so würdevoll, wie es mir unter diesen Umständen möglich war.

Ich schaffte es noch, die Tanne zu ihrer Grabstätte zu schleppen, oder schleppte sie mich?, und sie dort fallen zu lassen. Dann hockte ich mich auf einen Baumstumpf, betrachtete verstört meine Füße und dachte erst mal nichts.

War das eben wirklich geschehen? Ute Koszlowski im Arm des Mannes, auf dessen Anruf ich seit Stunden wartete? Ich epiliere mir die Beine, belästige meine besten Freunde mit liebestollem Gejaule, beschwöre mein Telefon zu klingeln, während Dr. Daniel Hofmann mit einer drittklassigen, viel zu dünnen Fernseh-Soap-Schlampe Arm in Arm durch die laue Luft schlendert?

Immerhin besaß ich noch die Geistesgegenwart, mir einen Zipfel meines Kleides unter die Augen zu pressen, damit die Wimperntusche nicht verläuft, als ich anfing zu heulen.

Ich sprang auf, und während ich fünfzehn Minuten durch den Park stapfte, durchlebte ich die sechs klassischen Trennungsphasen:

1. Nicht-wahrhaben-wollen-Phase

Sicherlich lässt sich alles ganz leicht aufklären. Daniel wollte sich heute Abend von der Koszlowski trennen, um mich dann morgen, ungebunden und frei von einer belastenden Vergangenheit, anzurufen und zu bitten, seine Frau zu werden.

Es hat auch gar nichts zu bedeuten, dass er sie zu so später Stunde noch im Arm hält, obschon längst alles zwischen ihnen geklärt ist. Es ist eine Geste des Trostes, des Mitfühlens, der alten Verbundenheit. Ich kann beruhigt schlafen gehen.

2. Wut-zulassen-Phase

Diese Niedertracht! Diese Aaaschgeige! Sackgesicht! Das ist so typisch, so unglaublich typisch, feige, würdelos und männlich. Mich über seine Beziehung zu Ute Koszlowski im Unklaren lassen, rumdrucksen, einmal nett vögeln – Klassenziel erreicht – und dann zurückkehren ins gemachte Bett.

Während ich unseren ungeborenen Kindern Vornamen gebe und überlege, ob wir sie taufen lassen sollten, hat mich dieser Sausack längst zu seinen Akten unter «Origineller Beischlaf mit stämmiger Brünetter» abgelegt.

Missbraucht worden bin ich dazu, einem furztrockenen Allgemeinmediziner einen kurzfristigen Hauch von Abenteuer zu vermitteln. Hat sich auf meine Kosten lebendig gefühlt.

Werde seinen BMwichtig mit Rasierklingen bearbeiten und ihm lächerliche Aufkleber wie ‹Bitte nicht hupen, Fahrer träumt von Schalke 04› oder ‹Ich bremse auch für Männer› mit Silikon aufs Rückfenster kleben. Werde ihm drei Monate alte Weintrauben mit einer Horde Fruchtfliegen darauf, per Kurier und hübsch verpackt, nach Hause schicken. Werde in seinem Namen eine Kontaktanzeige aufgeben mit Telefonnummer. «Sensibler, treuer Akademiker sucht passende Frau. Aussehen egal. Bitte meldet euch unter: ...»

Ich werde mich rächen, Dr. Daniel Arschloch Hofmann. Du wolltest eine wilde, kurze Nummer? Diese Nummer wird wilder und nicht so kurz, wie du gehofft hast. Hast du «Eine verhängnisvolle Affäre» mit Glenn Close gesehen? Gnade deinem Kaninchen, wenn du eines hättest!

3. Schmerz-ausleben-Phase

Niemand liebt mich. Wie konnte ich auch nur im Traum annehmen, dass dieser gutgebaute, intelligente, schöne, geistreiche, gutverdienende Mann es ernst meinen könnte mit mir. Mir! Es ist so lächerlich. Ich bin die Frau, mit der man betrügt. Von der man in lustiger Männerrunde erzählen kann mit den Worten: «Ich hatte mal eine besonders skurrile, die ...»

Keiner will bei mir bleiben. Ich werde immer verlassen. Sogar von Sascha. Das stimmt zwar nicht, aber in solchen Momenten spielen derlei Details keine Rolle. Es fühlt sich jedenfalls so an. Auf dem Höhepunkt meiner Geschlechtsreife, in dem Alter, wo ich gehofft hatte, meinen ersten vaginalen Orgasmus zu erleben, ist mein Liebesleben vorbei.

Schluss. Aus. Vorbei.

4. Positive Neuorientierungs-Phase

Diese Phase habe ich übersprungen und stattdessen nochmal von vorne angefangen.

Ich ging nach Hause. Und versuchte, der ganzen Sache etwas Positives abzugewinnen. Ich versuchte es vergeblich. Ich trottete am Eck-Italiener vorbei, wo die Leute immer noch draußen saßen, redeten, lachten, unbeeindruckt von meinem schweren Schicksal. Das hatte etwas Tröstliches. Die Welt, dachte ich, schert sich nicht um dein Befinden. Es interessiert sie nicht, dass du den Rest deines Lebens mit dem Wissen verbringen musst, dass sich eine andere deinen Mann geschnappt hat. Ich warf mich auf mein Sofa und verachtete mich dafür, dass ich vier Mini-Dickmann's hintereinander aß. Wenn mir der Kummer doch wenigstens auf den Magen schlagen würde. Nicht mal das. Mir vergeht nur dann der Appetit, wenn ich zu viel, und mit zu viel meine ich viel, viel zu viel, gegessen habe.

23:15

Mist. Habe keine Zigaretten mehr.

23:16

Werde aufhören zu rauchen. Jetzt. Muss meinem Leben einen neuen Sinn geben. Bin ab sofort Nichtraucher.

23:17

Gehe nochmal schnell Zigaretten holen.

23:18

Schleiche mit gesenktem Haupt auf die Straße. Bin ein Nichtsnutz. Schaffe es nicht mal, mit dem Rauchen aufzuhören. Kein Wunder, dass mich keiner will. Gehe vorbei an Mariannes Haus, in ihrer Wohnung brennt kein Licht mehr, vorbei am Taxenstand, an dem keine Taxen stehen.

«Hallo Cora.»

Mmmh? Wer spricht? Ich schaue auf und bringe kein Lächeln mehr zustande. Welche bösen Schicksalsmächte haben sich bloß gegen mich verschworen? Nehmen die Demütigungen denn kein Ende?

«Hallo Ute.»

Ute Koszlowski schaut mich angeekelt an.

«Die meisten nennen mich Carmen.»

«Ist mir doch egal. Ich bin nicht die meisten.»

Ich fühle mich wie Hiob. Eine Plage nach der anderen. Womit habe ich das verdient? Für welche Sünden werde ich bestraft? Sicherlich würde sich gleich ein Schwarm Heuschrecken auf mir niederlassen, würden grüne Pockenpusteln in meinem Gesicht sprießen. Und bestimmt war zwischenzeitlich in meine Wohnung eingebrochen worden. Nein, heute war einfach nicht mein Tag. Ute strich sich affektiert eine rote Haarsträhne aus dem Gesicht und sagte:

«Ich warte hier wohl vergebens auf ein Taxi.»

«Aha.»

«Daniel ist schon nach Hause. Ich wollte eigentlich zu Fuß gehen. Hab's mir aber doch anders überlegt.»

«Aha.»

«Du hast ihn ganz schön durcheinandergebracht.»

«Hä?» Ich glotze sie mit einer Mischung aus Unverständnis und Feindseligkeit an. Was sollte das denn heißen? Wusste sie von unserer ... äh ... Begegnung? Wollte sie sich noch ein wenig an meiner Niederlage berauschen?

«Ich meine, mir könnte das ja eigentlich egal sein. Ich will mich ja auch nicht einmischen. Aber jetzt, wo ich dich hier treffe ... Wollen wir nicht noch zusammen was trinken gehen?»

Ich überlege kurz. Ein schroffes «Nein» wäre wohl hier die passende Antwort gewesen.

«Von mir aus», grunze ich unwillig. Was hatte ich schon zu verlieren? Habe ja bereits verloren.

Wir gehen die paar Schritte rüber zum Italiener, setzen uns an einen freien Tisch und bestellen einen halben Liter von der Hausmarke. Dem Kellner glubschen fast die Augen aus dem Kopf beim Anblick meiner rothaarigen, grazilen Begleiterin.

«Und ein Mineralwasser, bitte», sage ich. Genauso gut könnte ich zu einem Taubstummen sprechen.

«Und bitte noch zweimal Mineralwasser», flötet Ute-Carmen.

«Due aqua minerale! Haben Sie sonst noch einen Wunsch, bella signorina?!»

Habe ich mich, ohne es zu bemerken, in einen buckligen Greis verwandelt, oder was? Ach, mir ist alles egal. Das totale Fehlen von Selbstbewusstsein macht einen unempfindlich gegen die Missachtung von Dienstpersonal.

«Daniel hat mir viel von dir erzählt», eröffnet Ute die Aussprache.

«So, was denn?»

«Nun ja, als ihr euch kennengelernt habt, war ich ja dabei. Tut mir leid, dass ich dich so beschimpft habe, aber ich dachte, du hättest ihn wirklich verletzt. Außerdem ist es für eine Schauspielerin immer wichtig, sich heldenhaft einzumischen und eine große Nummer abzuziehen, wenn irgendwelche Fotografen in der Nähe sind. Du verstehst?»

Da ich nicht verstehe, ziehe ich es vor, vielsagend zu schweigen.

«Dein Auftritt in der Praxis hat ihn dann mächtig beeindruckt. Er war wirklich ziemlich begeistert von dir. Und ich finde es einfach völlig beschissen, entschuldige meine Offenheit, wie du ihn behandelt hast.»

Wie ich was?! Wie ich ihn was!? Das ist doch! Wie? Hä? Spinn ich oder was? Ich trank ein Schluck Wasser – der Kellner hatte beide Gläser, sowie den Vorspeisenteller auf Kosten des Hauses, vor Ute-Carmen abgestellt.

«Wie ich ihn behandelt habe? Hast du noch alle beisammen? Ich entblöde mich nicht, seit Stunden vor dem Telefon zu hocken, auf seinen Anruf zu warten! Und treffe ihn dann Arm in Arm mit dir im Park, während ich vor lauter Verzweiflung dabei bin, meinen Weihnachtsbaum zu entsorgen! Ich habe ihn beschissen behandelt!? Jetzt mach mal halblang. Ich wünsche euch beiden ja alles Gute für die Zukunft. Aber ich glaube nicht, dass ich es nötig habe, mir, ausgerechnet von dir, irgendein Fehlverhalten unterstellen zu lassen.»

Puh. Jetzt war's raus. Ich glaube nicht, dass ich jemals in meinem Leben so ehrlich gewesen bin. Fühlt sich gar nicht schlecht an. Weil, wenn man ehrlich ist, braucht man keine Angst zu haben, bei irgendwas erwischt zu werden. Das ist so, als würde man den Bauch nicht einziehen. Eine ganz neue Erfahrung für mich. Irgendwie gut.

«So langsam wird mir einiges klar.»

Sicherlich eine ganz neue Erfahrung für sie. Schön, so haben wir beide an diesem Abend unseren Horizont erweitert.

«Du bist verliebt in Daniel, oder?»

Scheiße, ja, dachte ich.

«Scheiße, ja», sage ich.

«Hör zu, nur weil ich lesbisch bin, heißt das nicht, dass ich nichts von Frauen verstünde.»

«Du bist lesbisch!?», schreie ich entgeistert.

«Pssst, nicht so laut.»

«Du bist lesbisch», flüstere ich begeistert.

«Nun ja, in meinem Beruf sollte man so was nicht an die große Glocke hängen. Schließlich müssen mir die Zuschauer glauben, dass sich mindestens einmal die Woche ein stark behaarter Oberarzt in mich verliebt. Daniel ist mein Freund, seit er bei mir eine Reizung des Blinddarms diagnostiziert hat. Seither begleitet er mich manchmal zu öffentlichen Veranstaltungen, damit die Leute erst gar nicht anfangen, sich über meine sexuellen Neigungen Gedanken zu machen.»

«Ja, aber wieso …?» Mein Weltbild, mein Feindbild – alles brach in sich zusammen. Ich schätze es nicht, wenn man mich ohne Vorwarnung meiner sämtlichen Vorurteile beraubt.

«Wieso er dir das nicht gesagt hat?»

Ich nicke mitgenommen.

«Warum ziehst du einen Wonderbra an, wenn du mit ihm verabredet bist? Warum tust du so, als würde er dir nichts bedeuten, obschon du bis über beide Ohren verliebt bist? Warum rufst du ihn nicht zehnmal am Tag an, wenn dir danach zumute ist? Du hast das Ich-bin-lässig-Spiel so gut gespielt, dass sich Daniel nicht sicher war. Er wollte auch ein bisschen cool wirken, deshalb hat er dich über uns nicht aufgeklärt. Ich habe ihm gleich gesagt, er soll das lassen, so was führt nur zu Verwicklungen. Aber als du dann nach eurer ersten gemeinsamen Nacht einfach abgehauen bist – da hattest du das Spiel gewonnen. Damit hast du ihn überzeugt, dass du es nicht ernst meinst. Meine Güte, der Mann ist unglücklich!»

Ich schweige. Und schweige. Dann fange ich an, hysterisch zu kichern. Dann fange ich an zu heulen. Dann sprudelt es aus mir heraus.

«WasbinichnurfüreineblödePute.Unddubistwirklichlesbisch? Dasistja,dasistja,dabeiwollteichdochnurcool,meinegütebinich bescheuertundduglaubstwirklichdasser …!?»

Ute-Carmen griff nach meiner Hand, und in diesem Moment hätte ich mich in sie verlieben können. Wenn ich nicht schon verliebt gewesen wäre. Ach, ich war verstört. Und glücklich. Und beschämt.

«Als ich meine Freundin kennengelernt habe, war es genauso.»

«Du hast eine Freundin?» Ich war fast ein bisschen enttäuscht.

«Ja, seit vier Jahren. Ich traf sie bei einem Casting für irgend so eine völlig bescheuerte Nachtschwestern-Rolle. Sie ist Kamerafrau. Ich sah sie und brachte keinen vernünftigen Ton mehr raus. Die Rolle habe ich natürlich nicht bekommen. Und nachher gab's noch so einen kleinen Umtrunk, und ich war zu allen nett, charmant, offen. Bloß sie habe ich behandelt, als hätte sie eine ansteckende Krankheit.»

«Mmmh.» Ich nicke verständnisvoll.

«Und am Ende des Abends – ich hatte schon mindestens zehn Telefonnummern von Verehrern und Verehrerinnen zugesteckt bekommen, die mich alle einen Scheißdreck interessierten – kam sie zu mir.»

«Und?»

«Sie fragte mich, ob wir nicht zu alt seien für solchen Kinderkram. Sie habe keine Lust mehr auf diese Spielchen, und wenn ich sie mögen würde, dann solle ich es ihr gefälligst zeigen. Sie sei schließlich keine Therapeutin und habe es satt, das dämliche Verhalten anderer Leute zu interpretieren. Seither sind wir ein Paar.»

«Und, seid ihr glücklich?»

«Ja, wir sind glücklich. Ich trage mich einmal in der Woche mit Trennungsgedanken, ich kann es nicht ausstehen, dass sie ihre Wäsche niemals in den Wäschekorb tut. Sie hält mich für eine oberflächliche TV-Chi-Chi-Else mit einem ausgeprägten Kontrollzwang und nötigt mich, nachts um zwei Grundsatzdiskussionen über die lesbische Frau in der westlichen Gesellschaft zu führen. Wir sind glücklich. Trotzdem. Oder deshalb. Keine Ahnung. Ich will keine andere Frau.»

Ich bin so gerührt, dass ich leider wieder anfangen muss zu heulen. Ute trinkt ihr Glas aus und stellt es mit resoluter Geste auf den Tisch und winkt dem Kellner, der innerhalb von Nanosekunden neben ihr steht und untertänigst verspricht, die Rechnung zu bringen. Hi, hi. Vergebliche Liebesmüh. Ich kann mir ein Grinsen nicht verkneifen. Ute eine Lesbe. Das finde ich irgendwie gerecht.

«So. Und weißt du, was du jetzt tust?»

«Ja, ich weiß», schluchze ich lachend.

23:58

Nein, ich werde vorher keine Stimmübungen machen. Ich werde nicht Lloyd Cole auflegen. Ich werde mir nicht auf einem Zettel notieren, was ich sagen soll. Schließlich sind wir ja nicht mehr im Kindergarten. Ich bin wirklich zu alt für solche Spielchen.

Meine Finger zittern ein wenig. Kein Wunder. Wie lange ist es her, dass ich einen Mann angerufen habe? In einer solchen Situation? Ich verstoße gegen sämtliche Ratgeberregeln. Cora Hübsch ist eine Revolutionärin! Cora Hübsch bricht alle Tabus! Cora Hübsch ist erwachsen geworden!

Ob ich die Mitternachtsnachrichten als Hintergrundbeschallung laufen lassen sollte? Oder vielleicht was Klassisches? Chopin? Schumanns Kinderszenen? Nein! Schluss damit!

Ich werde ganz ich selbst sein.

Wie bin ich eigentlich?

Es wird mir schon wieder einfallen.

00:01

«Hofmann?»

«Hallo Daniel. Hier ist Cora.»

«… na endlich. Cora, meine Liebste.»

Vorläufiges Ende.

Die Geschichte von Cora Hübsch geht weiter.
25 Jahre später …

Leseprobe aus:

ILDIKÓ VON KÜRTHY

EINE HALBE EWIGKEIT

ROMAN

WUNDERLICH

PROLOG

Ich wusste genau, was ich tat. Und ich stelle mir seither Tag für Tag dieselbe Frage. Selbst mit dem Wissen um all das, was nach diesen neun Minuten und elf Sekunden geschah, in dieser Ewigkeit, die in meinem Leben wie ein Krater zwischen dem Vorher und dem Nachher klafft, lautet meine Antwort auch heute, fünfundzwanzig Jahre später: Ja, ich würde es wieder tun.

DONNERSTAG
17 UHR

Jetzt ist es also so weit. Mir war längst klar, dass es passieren würde. Ich wusste nicht, wann, ich wusste nicht, wo – es war nur noch eine Frage der Zeit. Die Hinweise hatten sich gehäuft und waren von mir sorgfältig übersehen worden. Und so war aus etlichen, teilweise winzigen Hinweishäufchen ein kapitales Problemgebirge geworden, an dessen Fuß ich in diesem dann doch unerwarteten und auch irgendwie unpassenden Moment zusammenbreche.

Eigentlich warte ich seit fünfundzwanzig Jahren darauf.

Und jetzt geschieht es ausgerechnet am Altpapiercontainer. Die Trivialität des Ortes ist mir peinlich. An diesem ganz besonders milden Herbstnachmittag entgleiten mir zeitgleich mein Leben und der schwere Karton, den ich die achthundert Meter von zu Hause bis hierher geschleppt habe.

Alles fällt mir vor die Füße. Wie in Zeitlupe neigt sich der Karton zur Seite, kippt in aller Seelenruhe um, und der Inhalt verteilt sich weiträumig über den Gehweg. Ich sehe einem Zettel nach, wahrscheinlich eine Einkaufsliste oder Quittung, den der Wind sanft in Richtung Park weht, und ich beschließe spontan, mich hier und jetzt ebenfalls fallen zu lassen.

Ich kann nicht mehr.

Und es gibt keinen Grund, noch länger so zu tun, als ob.

Hier ist jetzt erst mal Schluss.

Ich gebe meinen nachgebenden Knien nach und setze mich auf den Boden. Mit geschlossenen Augen lehne ich mich an meinen Freund, den Container. Über meinem Kopf der Aufkleber mit dem Slogan: «Papier und Pappe hier hinein. Du wirst glücklich sein!»

Dieses Mal hat es mit dem Glücklichsein leider nicht geklappt. Normalerweise empfinde ich jede Art von Entsorgung als stimmungsaufhellend und geradezu erlösend. Andere mögen Altpapiercontainer lediglich für seelenlose städtische Mülltonnen halten – aber empathische Gemüter sehen in ihnen das, was sie tatsächlich sind: dramatische Schauplätze tausendfachen Lebewohls. Friedhöfe für Zeitungen von gestern, für Briefe, die niemand mehr lesen wird, für Verpackungen, die, ihres schmucken Inhalts beraubt, wertlos geworden sind.

Altpapier ist für emotionale Menschen wie mich eine hochsensible Materie. Abfall, der voller Geschichten steckt, die nie wieder erzählt werden. Altpapiercontainer sind Abschieds-Großbehälter. Und ich kann nicht leugnen, dass ich eine tiefe Zuneigung für diese oft viel zu wenig wertgeschätzten, tapferen Kameraden hege, die stets zuvorkommend bereitstehen, um mir all das abzunehmen, was ich endlich loslassen kann.

Ich war nie gut im Loslassen.

Ich heiße Cora Hübsch, ich bin vierundfünfzigdreiviertel

Jahre alt und gehöre zu der Mehrheit von Frauen, die auch in fortschreitendem Alter noch keinen Frieden mit der Tatsache geschlossen hat, dass alles irgendwann vorbei ist. Ich bin in einer Art Dauer-Melancholie-Schleife gefangen. Im Herbst tut es mir leid, dass der Sommer vorbei ist mit seinem Licht und seiner Energie, und im Februar fällt mir der Abschied von Wolldecken, langen, gemütlichen Abenden und dem wohltuenden Andante des Winters schwer.

Sitzt mein Haar, weiß ich doch, dass ein geringfügiger Anstieg der Luftfeuchtigkeit meine hübsche Frisur in eine gruselige Kreatur verwandeln wird. Jeder lackierte Fingernagel ist dem Untergang geweiht, denn mein Leben ist keines, in dem Lack, künstliche Wimpern, Lippenstift oder unangebrochene Tüten Knabbergebäck sonderlich lange unbeschadet davonkommen. Angebrochene Packungen mit Dingen, die mir schmecken, sind in unserem Haushalt nicht existent. Ich mache in solchen Angelegenheiten keine halben Sachen, und mir sind Menschen zutiefst suspekt, die aus der Küche heraus Sätze rufen wie: «Möchte jemand ein Stück köstlichen Kuchen vom letzten Wochenende? Ich habe ihn extra luftdicht verpackt!» Außer Stuhlproben habe ich noch nie etwas luftdicht verpackt.

Der Lack auf meinen Fingernägeln überlebt meist nicht mal den halbstündigen Trocknungsprozess, und Lippenstift verflüchtigt sich bei mir oft schon nach wenigen Minuten, in denen ich noch nicht mal was getrunken, gegessen oder mit jemandem geknutscht habe.

Wobei ich auf Anhieb nicht zu sagen wüsste, wann ich das letzte Mal aktiver Teil eines Kussvorgangs gewesen bin, der das Wort «knutschen» verdient hätte. Ich bin seit zwanzig Jahren verheiratet, da vertreibt man sich nicht mehr die Zeit mit Küssen und Fummeln. Trotzdem habe ich mir neulich einen sogenannten «kussfesten Lippenlack» zugelegt. Eine Substanz, die Küsse aushält, so vermutete ich, müsse wohl auch auf erotisch weniger strapazierten Lippen halten. Es funktionierte. Leider.

Der Lippenstift hatte blitzschnell wie Sekundenkleber auf eine geradezu gewalttätige Art mit meinen Lippen fusioniert, war zu einem knackigen Schutzpanzer getrocknet, sodass ich beim Sprechen fürchtete, der Lack inklusive Lippe würde mir in kleinen Stückchen Wort für Wort abbrechen. Der Abschminkvorgang erinnerte mich an die Abbrucharbeiten bei uns im Keller.

Selbst gute Vorsätze stimmen mich wehmütig, weil die meisten von ihnen alte Bekannte sind. Mittlerweile muss ich die Tatsache, dass ich mir Jahr für Jahr dieselben Dinge vornehme, zu meinen schlechten Gewohnheiten zählen. Mein Vorsatz sollte lauten: Mach dir keine guten Vorsätze und wenn, dann welche, die du noch nicht kennst.

17.04 UHR

Ich kenne keine reine Freude, denn je größer die Freude, desto schwerer belastet mich das Wissen um ihre Vergänglichkeit. Das Ende des Glücks in der Zukunft liegt wie ein Schatten über dem Glück der Gegenwart. Ich war nicht immer so. Neun Minuten und elf Sekunden haben aus mir einen Menschen gemacht, der dem Glück mit Vorsicht begegnet. Ich nehme das Ende immer schon vorweg, und so wohnt jedem Anfang in meinem Fall nicht der viel zitierte Zauber inne, sondern ein Zaudern und eine Trauer um das, was schon bald wieder Vergangenheit sein wird.

Und im Moment geht in meinem Leben ganz besonders viel vorbei. Die Abschiede stehen Schlange, geben sich die Klinke in die Hand, und meinem Gefühl nach neigt sich der vergleichsweise erfreuliche Teil meines Lebens gerade rasant schnell dem Ende zu.

Kinder aus dem Haus. Alle drei fast gleichzeitig. Arthrose im rechten Knie. Ehe auch alt. Ich bin von Joggen auf Walken umgestiegen und von Gin Tonic auf Fenchel-Anis-Kümmel-Tee. Mein Beruf erfüllt mich nicht mehr, tags bin ich müde und nachts schlaflos. Ich brenne nicht mehr. Ich schwitze nur noch.

Ja, ich weiß, dass ich zu Übertreibungen neige. Aber jede einzelne Übertreibung fühlt sich im Moment ihres Bestehens einfach so überzeugend und unübertrieben an, dass ich sie sicherheitshalber immer wieder ernst nehme.

Mein Mann ist da anders. Er neigt weder zu Übertreibungen noch dazu, mich ernst zu nehmen, und er spürt auch keine Seelenverwandtschaft zu Altpapiercontainern, Mülleimern oder Recyclinghöfen. Wir sind grundverschieden. Aufklärung trifft auf Romantik, Ratio auf Drama. Er lebt lösungsorientiert. Ich lebe problemorientiert.

Deswegen steht er in diesem Moment an der Sicherheitskontrolle im Flughafen und nicht ich. Wir hatten gemeinsam entschieden, dass er unseren sechzehnjährigen Sohn John ohne mich zu seinem College in England bringen soll. Letztlich war uns allen daran gelegen, traumatische Abschiedsszenen zu vermeiden.

Ich war schon bei der Abnabelung meiner Kinder, bei ihrer Einschulung sowie bei diversen Krippenspiel-Aufführungen, wo sich alle drei Kinder beharrlich über die Jahre vom Esel zur

Muttergottes hochgearbeitet hatten, negativ aufgefallen. Ich kann meine Tränen bis zu einem gewissen Punkt zurückhalten, wenn der jedoch überschritten wird, drehen sich die Leute erschrocken nach mir um.

Ich schaue auf mein Handy. In fünf Minuten startet die Maschine nach London mit meinem Baby an Bord. Mein kleiner Junge, mein Nesthäkchen verlässt das Nest. Und übrig bleibt die zerzauste Henne, die keine Eier mehr zu bebrüten hat und sich ratlos nach einer neuen Tätigkeit umschaut.

Um den Trennungsschmerz bereits im Keim zu ersticken, hatte ich in dem Moment, in dem das Taxi mit Mann und Sohn um die Ecke verschwunden war – selbstverständlich war es mir auch verboten gewesen, die beiden zum Flughafen zu fahren –, geeignete Maßnahmen ergriffen. Ich war dem aufkommenden Gefühl von Leere und Verzweiflung mit einer entschlossenen Entsorgungsoffensive entgegengetreten, hatte in Windeseile mehrere Umzugskartons mit Kinderspielzeug und Kleidung gepackt und zur Sammelstelle gebracht, ich hatte Bücher und Schuhe aussortiert und einen nahezu unbenutzten Entsafter bei eBay eingestellt.

Dann hatte ich zerfledderte Schulhefte und anderen vergilbten Papierkram aus einer wurmstichigen Kommode im Keller geräumt, die ich ebenfalls verkaufen wollte, und mich damit auf den Weg in Richtung Container gemacht. Dabei hatte ich mir selbst Mut zugesprochen. Cora Hübsch. Resilient und krisenfest. Eine würdevoll gealterte Frau, die den Herausforderungen des Lebens besonnen und tapfer entgegenwalkt. Bestens gelaunt und Herrin der Lage. Sie würde sich nicht zu Selbstmitleid hinreißen lassen, nur weil ihr jüngster Sohn ein Jahr im Ausland verbringt.

Ich war zuversichtlich losgestapft, bereit, meine Sorgen zu entsorgen.

Und dann der Schlag ins Gesicht. Der Altpapiercontainer: voll! Übervoll. Mein armer Freund hatte ausgesehen, als würde er sich übergeben. Sperrige Pappen hatten aus seinem weit aufgerissenen Maul geragt, und aus dem Schlitz auf seiner anderen Seite war das Papier bis auf die Straße gequollen.

Ich war sprachlos gewesen. Wenn man sich einmal durchgerungen hat, etwas loszulassen, dann gibt es ja quasi nichts Schlimmeres, als dass man es dann nicht loswird! Sollte ich meinen ganzen Seelenmüll etwa wieder mit nach Hause schleppen? In dieses verwaiste Haus, in dem mich keine mütterlichen Pflichten mehr von den unbequemen Fragen ablenkten, auf die ich keine Antwort weiß?

Loslassen?

Vielleicht muss ich viel mehr aussortieren als ein paar Playmobilfiguren und eine Kiste Altpapier.

17.09 UHR

Ich bemerke entsetzt, wie mir die Tränen aus den Augen quellen und sich jenes brachiale Schluchzen in mir bereit macht, das ich seit Beginn des Tages unterdrücke. Am liebsten hätte ich meinen Sohn angefleht, zu bleiben und mich nicht mit meinem alternden Leben alleine zu lassen. Und mit seinem alternden Vater und einer ebenso alternden Beziehung, von der ich nicht weiß, ob sie ohne die gemeinsamen Kinder noch genug Gemeinsamkeiten hat.

Aber ich war tapfer geblieben, hatte mich pädagogisch einwandfrei verhalten und John mit einem ermutigenden Lächeln in die Welt hinausgeschickt, während meine zusammengebrochen war.

Ich taste nach irgendetwas, was meine Tränenflut noch aufhalten kann, und finde eine fünf Jahre alte Mathearbeit von meinem Sohn Henry in dem Papierhaufen zu meinen Füßen. Eine Vier minus. Diesbezüglich kommen beide Jungs ganz nach mir. Alles, was besser war als eine Fünf, galt in Mathe schon während meiner eigenen Schulzeit als Höchstleistung.

Nur meine Tochter Emma hatte stets einen beunruhigenden Hang zu logischem Denken. Sie ist zwanzig und studiert in Aachen Architektur mit einem mir völlig fremden Ehrgeiz und irritierender Zielstrebigkeit. Henry hatte sich nach der Schule ein Jahr lang durch die Welt treiben lassen und sich sehr gut vorstellen können, niemals einem geregelten Beruf nachzugehen. Dann hatte er aber, zeitgleich mit Emmas Studienbeginn, mit neunzehn eine Ausbildung zum Physiotherapeuten in Karlsruhe begonnen – sodass innerhalb von neun Monaten alle meine Kinder ausgeflogen waren.

Und sosehr ich mir in der Theorie gewünscht habe, dass sie zu selbstständigen Menschen heranreifen, so wenig komme ich in der Praxis damit zurecht, dass ich keinen Pastinakenbrei mehr kochen und keine Wadenwickel mehr machen muss. Mein Leben verlief nach dem Stundenplan meiner Kinder, und mein Jahr war in Schulferien gegliedert.

Und nun? Mein Erziehungsauftrag ist erfüllt.

Was soll mich jetzt erfüllen?

Die Tränen beginnen zu tropfen, und ich krame weiter im Müll. Irgendwo wird sich doch wohl ein nicht allzu gebrauchtes Taschentuch finden lassen. Ich erinnere mich an die Zeit, als ich noch nützlich und für den Schnodder meiner Kinder zuständig war. Das macht es auch nicht besser. Alles trieft. Ich glaube, jetzt weint auch meine Nase. Unter Henrys Klausur kommt ein leicht vergilbtes, fleckiges Buch voller handbeschriebener Seiten zum Vorschein. Ich stutze und vergesse kurz, weiter zu weinen.

Das ist meine eigene Schrift. Zumindest erinnert sie daran. Ich brauche ein paar Sekunden, um zu begreifen, was ich da vor mir habe. Ich hatte keine Ahnung, dass dieser Text und die Fotos überlebt haben. Ich habe aus guten Gründen nie danach gesucht.

Ich blättere durch die Seiten und weiß schlagartig wieder, wer ich damals war, wie ich fühlte, dachte und liebte. Cora Hübsch. Dreißig Jahre alt, Fotografin, Single und gerade dem Mann begegnet, der der Mann ihres Lebens werden würde: Daniel.

Eine Liebe fürs Leben. Mein Tagebuch. Schicksal im Altpapier.

Den ersten Satz dieses Zeitdokuments, das in der Keller-Kommode ein Vierteljahrhundert lang auf den Tag seiner Wiederentdeckung gewartet hat, schrieb ich vor fünfundzwanzig Jahren um 17 Uhr 12. Ein warmer, sommerlicher Spätnachmittag, so wie jetzt:

Der Fuß ist eine weitgehend unerschlossene weibliche Problemzone.

Ich lächele meinem früheren Ich milde zu, wie eine Mutter einer geliebten Tochter mit tausend Flausen im Kopf. Ich betrachte das Foto auf der ersten Seite. Unscharf und vergilbt. Meine rosigen Füße ragen aus dem Schaum der Badewanne heraus, die Nägel ungeschickt dunkelrot lackiert. Ich war froh, als ich Jahre später die Fußpflege outsourcen und mir eine regelmäßige Pediküre mit Hornhautentfernung und Lack leisten konnte.

Von meiner besten Freundin Johanna hatte ich zum Dreißigsten eine Polaroid-Kamera bekommen und damit einige Monate lang eifrig mein Leben dokumentiert. Meine Füße waren mir damals noch wie eine massive Verunstaltung meines Körpers vorgekommen. Ebenso wie mein unkalkulierbares Kopfhaar und die ersten, kaum sichtbaren Fältchen unter den Augen, die ich für dramatische Vertiefungen hielt, sie erinnerten mich an eine topografische Landkarte.

Wie schade, damals wusste ich nicht, dass ich keine echten Probleme hatte. Zumindest nicht im Vergleich zu jenen, die ich noch bekommen sollte. Wie bedauerlich, dass ich meine Haut, meine Gelenke, meine Energie, meine Leidenschaft und meine echte Haarfarbe nicht zu schätzen wusste.

Man sagt ja immer, die Jugend sei unbeschwert. Das ist natürlich völliger Quatsch. Die erste Hälfte unseres Lebens könnte sorglos sein, wenn wir sie mit der zweiten Hälfte vergleichen könnten. Aber du weißt erst, was es bedeutet, einen elastischen Hüftbeuger zu haben, wenn du dir morgens nicht mehr schmerzfrei die Schuhe zubinden kannst.

Du freust dich als leidlich junger Mensch nicht jeden Abend darüber, dass du gut einschläfst, und du dankst nicht dem gnädigen Schicksal, wenn du morgens aufwachst, durchgeschlafen hast und dir nichts wehtut. Warum auch? Du kannst nicht dankbar sein für etwas, was dir erst viel später genommen wird. Und dann tust du gut daran zu lernen, dankbar zu sein für das, was dir noch geblieben ist.

Meine Füße. Gestern und heute. Ich werfe einen kurzen Blick auf meine Zehen, die schief aus meinen Sandalen hervorlugen und immer noch so aussehen, als hätten sie sich nur aus Versehen dort getroffen und würden nicht besonders gut miteinander auskommen. Sie sind mittlerweile wirklich mein geringstes Problem.

Ich schaue auf mein Handy.

Es ist 17 Uhr 12. Eine Einladung des Zufalls, die ich nicht ausschlagen kann. Ich beginne zu lesen.

17.12 UHR

Der Fuß ist eine weitgehend unerschlossene weibliche Problemzone. Das ist ein grandioser Satz. Ein Satz wie in Stein gemeißelt. Der Fuß ist eine weitgehend unerschlossene weibliche Problemzone. So könnte ein Artikel in einer Frauenzeitschrift anfangen. Oder in ‹Psychologie Heute›. Oder so.

Ich heiße Cora Hübsch, ich bin dreißigdreiviertel Jahre alt und gehöre zu der Mehrheit von Frauen, die auch in fortschreitendem Alter noch kein freundschaftliches Verhältnis zu ihren Füßen aufgebaut hat. Meine Zehen sind krumm wie die Zähne im Mund eines Schuljungen, der sich beharrlich weigert, eine Zahnspange zu tragen. In meiner Bauch-Beine-Po-Gruppe ist eine, deren Zehen sind so kurz, als seien sie ihr in jungen Jahren von einer scharfkantigen Glasplatte guillotiniert worden. Und meine Freundin Johanna hat Füße wie andere Leute Oberschenkel, und in ihren Pumps hätten sich noch einige Zweite-Klasse-Passagiere von der Titanic retten können.

Ich versuche, mich abzulenken. Betrachte angestrengt den Haufen Zehen an meinem Körperende, um nicht über Schlimmeres nachdenken zu müssen.

Darüber zum Beispiel, daß heute Samstag ist. Schlimmer noch, es ist schon fast Samstagabend. Wann beginnt eigentlich der Abend?

Gesetzt den Fall, jemand sagt: «Ich rufe dich Samstagabend an.» Was genau meint er dann damit? Heißt das: «Ich rufe dich um 18 Uhr an, um dich zu fragen, ob ich dich um 20 Uhr 30 abholen und zum teuersten Italiener der Stadt ausführen darf?»

Oder heißt das: «Ich klingle gegen 23 Uhr mal durch, um anzutesten, ob du eine vereinsamte Frau bist, die am Samstagabend nichts Besseres vorhat, als auf den Anruf eines smarten Typen, wie ich es bin, zu warten, der sich einmal aus Langeweile dazu hat hinreißen lassen, mit dir ins Bett zu gehen?»

Der Fuß ist eine weitgehend unerschlossene weibliche Problemzone.

Nein, es hilft nichts. Die krummen Gesellen da unten können nicht länger für meine Minderwertigkeitskomplexe geradestehen. Ich heiße Cora Hübsch, bin dreißigdreiviertel und gehöre zu der Mehrheit von Frauen, die sich auch in fortschreitendem Alter hauptsächlich mit einer Problemzone rumschlägt.

Freundinnen, laßt es uns so sagen, wie es ist: Die aller-aller-allerschlimmste weibliche Problemzone heißt: Mann.

Ich beneide mein jüngeres Ich um diese vergleichsweise überschaubaren Problemzonen. Was sind schon Füße, was sind schon Männer? Die Vorstellung, dass mein Lebensglück von einer Person mit Y-Chromosom abhängt, habe ich längst als überholt zu den Akten gelegt. Wir haben doch nicht umsonst alle den Bestseller *Liebe dich selbst und es ist egal, wen du heiratest* gelesen. Selbstliebe lautet das Gebot der Stunde. Meine Zehen bereiten mir schon lange wesentlich weniger schlaflose Nächte als meine Psyche, und die Tatsache, dass mir immer noch nicht egal ist, mit wem ich verheiratet bin, deutet drauf hin, dass bei mir in Sachen Selbstliebe noch sehr viel Aufholbedarf besteht.

Mittlerweile haben sich meine Lebensbaustellen vom Außen ins Innen verlagert. Freundinnen, lasst es uns so sagen, wie es ist: Die aller-aller-allerschlimmste weibliche Problemzone bist du selbst.

Ich heiße Cora Hübsch, bin dreißigdreiviertel …

Ich betrachte das Heft und blättere durch die Seiten. Meine Handschrift hat sich ein wenig verändert, sie ist nachlässiger geworden, müder und gleichzeitig unverkrampfter. Wie ich. Früher war es mir wichtig, dass meine Schrift exzentrisch und individuell aussieht, heute schreibe ich zweckdienlich. Dasselbe gilt übrigens für meine Kleidung. Die diversen Stilettos, in die ich vor einem Vierteljahrhundert noch nächtelang meine schmerzenden Füße quetschte, habe ich bereits vor Jahren entsorgt. Sie haben mir damals das kurze Gefühl von Eleganz und Überlegenheit, auf lange Sicht ein paar dauerhafte Druckstellen und eine chronisch verkürzte Wadenmuskulatur eingebracht.

Wenn ich ehrlich bin, handelt es sich bei vielen meiner Altersbeschwerden um die Spätfolgen meiner Jugendsünden. Ich habe Kette geraucht, um lässig zu sein, in hauchdünnen Tops gefroren, um sexy zu sein, Haschkekse gegessen, um cool zu wirken, und getrunken, um locker zu werden. Innerlich war ich nie lässig, sexy, cool oder locker und hätte am liebsten immer Unterhemden und Rollkragenpullis getragen.

Gute Güte! Warum ruft der denn nicht an? Warum gibt es Dinge im Leben einer Frau, die sich niemals ändern? Die Frage, ob man nach einmal Sex bereits Anspruch auf eine Samstagabendverabredung hat, wurde bisher nicht hinreichend geklärt.

Ich muss lächeln, als ich mir die wütende, verzweifelte Cora Hübsch von damals vorstelle. Auf der Suche nach der Liebe. Und dabei oft so rührend verblendet. Ich dachte ein paar Mal, ich hätte den Richtigen gefunden, nicht weil ich ihn tatsächlich gefunden, sondern weil ich mir gewünscht hatte, ihn zu finden. Wir sehen, was wir suchen, manchmal ohne Rücksicht auf die Tatsachen. Ich war bemüht, Typen zu gefallen, denen ich heute nicht mal mehr meine Telefonnummer geben würde.

Richard B. zum Beispiel, an den ich mit siebzehn nur allzu gern meine Unschuld verloren hätte und sie ihm auch mehrfach aufdringlich angedient habe, sitzt mittlerweile für die AfD im thüringischen Landtag. Und ich habe aus sicherer Quelle gehört, dass sich Martin A., der mich, allerdings unzulänglich, in die Grundzüge des Pettings einwies, wegen Steuerhinterziehung und Unterhaltsbetrug verantworten muss.

Mein Tagebuch. Dieser unerwartete Gruß aus einer Zeit, von der ich heute weiß, dass sie ein Countdown war, reißt mir ein Loch in meine ohnehin gerade bröckelige Fassade. Die Fotos. Meine Unbekümmertheit, die sich dennoch wie Kummer anfühlte, meine Leichtigkeit, die mir dennoch schwer vorkam.

Ich sehe ein Foto von mir auf der Allibert-Waage. Wieder sind nur meine Füße zu erkennen. Hier zeigt sich eine tatsächlich auffällige Problemzonenfixierung. Der Zeiger der Waage steht auf fünfundsechzig Kilo. Damals spielten die Zahlen hinter dem Komma noch keine tragende Rolle, während einem heute ja schon mal zweihundert Gramm die Laune verhageln und das digital errechnete Wochendurchschnittsgewicht ruinieren können. Über dem Polaroid steht der von mir in tiefster Verzweiflung hingekritzelte Satz:

Weiß jetzt, warum er nicht anruft. Bin zu dick. Bin sehr unglücklich.

Fünfundsechzig Kilo. Wenn ich heute fünfundsechzig Kilo wiegen würde, würde sich mein Umfeld fragen, ob ich womöglich nicht mehr lange zu leben hätte.

Fünfundsechzig Kilo. Ich war gertenschlank und hielt mich für zu dick. Ich war jung und hielt mich für zu alt. Ich war klug und hielt mich für zu blöd. Ich dachte, alles sei vorbei, dabei fing doch alles erst an. Ich hatte keine Probleme und nahm sie trotzdem viel zu ernst.

Wieder jung sein. Zurückblättern im Buch des Lebens bis zu der Stelle, wo vielleicht alles hätte anders werden können. Letztlich fehlen immer nur wenige Sekunden zum Glück.

Meine Tränen tropfen mittlerweile unkontrolliert auf das Papier in meinem Schoß und vergrößern dort die uralten Wasserflecken. Ich weiß noch genau, dass ich damals in der Badewanne über das Leben, die Liebe und meine krummen Zehen philosophiert und anschließend spontan und mit noch nassen Fingern ein paar Sätze in das Buch geschrieben und das Wannen-Fuß-Foto eingeklebt hatte.

Das Tagebuch hatte mir meine Freundin Johanna ebenfalls zum Dreißigsten geschenkt, weil sie der Meinung gewesen war, wenn wir uns später einmal gemeinsam an unser Leben erinnern wollten, müsste sich eine von uns die Mühe machen, diese Erinnerungen in Bild und Text festzuhalten. Und diese eine sei selbstverständlich ich. Ich sei die Kreativere von uns beiden.

In Wahrheit meinte sie damit, dass sie nicht mal ansatzweise die Zeit dafür hatte, ihr Leben zu leben und parallel auch noch zu dokumentieren. Was sie auf Nachfrage auch bereitwillig zugab. «Du hast das Talent zu Muße und Kontemplation», hatte sie gesagt.

«Du meinst, ich bin faul?», hatte ich gefragt.

«Du schaffst dir Oasen des bewussten Nichtstuns.»

«Sag ich doch, du hältst mich für faul.»

«Du teilst dir deine Lebensenergie sinnvoll ein. Faultiere werden sehr alt.»

«Aber wenn ich sehr alt werde und du nicht, mit wem soll ich dann in diesem Tagebuch blättern und mich zurückerinnern?»

Sie hatte gelacht. Laut, wie es ihre Art war.

Und ich hatte ein paar Monate später den ersten Satz in dieses Buch geschrieben, und dann hatte ich irgendwie nicht mehr aufgehört und in den nächsten Tagen den Beginn dieser Liebesgeschichte akribisch notiert und dokumentiert und mir meine Zweifel, meinen Ärger und meine alters- und geschlechtsspezifischen Minderwertigkeitskomplexe von der Seele geschrieben.

Mein Tagebuch.

MONDSCHEINTARIF hatte ich quer und in dicken Lettern vorne draufgeschrieben. Mir gefiel das Wort. Es klang romantisch und rational gleichzeitig, es klang nach Liebe und Realität. *Mondscheintarif.*

Es war der Beginn einer Liebesgeschichte, die alles verändern sollte. Geschrieben, während ich auf einen Anruf wartete. Seinen Anruf. Ich hoffte auf ein Happy End. Ich zweifelte, verzweifelte, lachte, weinte, schimpfte, hörte laut Donna Summer und Alphaville und Kurtis Blow, telefonierte mit Johanna, schrieb, rauchte, schrieb, trank Wein, schrieb und aß Nutella direkt aus dem Glas, woran ein Polaroid und ein großer dunkler Fleck gleich unter dem Eintrag von 22 Uhr 05 erinnern.

Der Löffel, das fällt mir jetzt wieder ein, war mir aus der Hand gerutscht, weil das Telefon geklingelt und ich fahrig nach dem Hörer gegriffen hatte. Es war nicht Daniel gewesen, sondern Johanna, die sich bereit erklärt hatte vorbeizukommen, um mich davon abzuhalten, weiter beschwörend den Apparat anzustarren.

Meine Gedanken stolpern über die Erinnerung an Johanna, als hätte ich in der Dunkelheit einen Stacheldraht übersehen. Nicht jetzt. Das ist zu viel. Tut zu weh. Ich rappele mich hoch und eile in die entgegengesetzte Richtung meines Bewusstseins davon, in harmlosere Gefilde.

Festnetz. Ein anrührendes Wort. Wie Kassettenrekorder, MTV, Langspielplatte, Walkman, Raider und Clearasil. Meine Liebesgeschichte begann im letzten Jahrtausend, als es noch Groschen gab und man in Restaurants rauchen durfte. Wir Frauen aus der Hustinetten-Bär- und HB-Männchen-Generation dachten, wir müssten uns in Herzensangelegenheiten an Konventionen und Benimmregeln halten. Ich schrieb damals und meinte es ernst:

Wenn ich ihn jetzt anrufe, wird er glauben, ich hätte Interesse an ihm. Weiß doch jedes Kind, daß man damit jeden Mann vergrault. So was verschreckt sie. Dann ziehen sie sich sofort in ihr Schneckenhäuschen zurück und sind nur durch lang andauernde Mißachtung und Mißhandlung wieder hervorzulocken.

Ich blättere zum letzten Eintrag. Zum Happy End.

Eine Minute nach Mitternacht schrieb ich:

Vorläufiges Ende.

Ich hatte keine Ahnung, dass ich damals an der Schwelle zum

«Danach wird nichts mehr so sein, wie es einmal war» stand. Es war das Ende einer Zeit, die für immer «die Zeit davor» sein würde. Wenn ich in Zukunft auf mein Leben zurückblickte, würde ich vor diesem «vorläufigen Ende» und dem, was kurz darauf geschah, immer die Augen verschließen. Mondscheintarif.

Damals hatte das größte Glück meines Lebens begonnen. Und das größte Unglück.

Das Glück hat nicht gehalten. Das Unglück schon. Es hallt bis heute in mir nach, ein dunkler Ton. Tinnitus des Herzens. Ich kann mir die Ohren zuhalten, laut singen oder weinen. Den Klang des Grauens höre ich immer. Er verfolgt mich, ist ein Teil von mir wie ein chronischer Schmerz. Nicht unerträglich, aber eine ständige entzündliche Erinnerung.

Ich hatte das Tagebuch nicht umsonst so gut vor mir selbst versteckt.

Meiner Kehle entschlüpft dieser markerschütternde gutturale Laut, der während der Konfirmation von Henry die Pastorin zum Schweigen gebracht und die versammelte Gemeinde in Aufruhr versetzt hatte. Ich klinge wie ein sterbendes Tier. Wenn ich weine, dann mache ich keine Gefangenen.

Gerade als ich alle Widerstände aufgeben und mich dem Tränen-Tsunami überlassen will, klatscht mir etwas widerlich Warmes ins Gesicht. Ein Heulen schneidet mir durchs Hirn wie der Warnton aus einem Katastrophenfilm, kurz bevor ein Meteor einschlägt, der sämtliches Leben auf der Erde vernichten wird. Ich reiße die Augen auf und blicke in den schwarzen Schlund des Schreckens.